후회 없이 내 마음대로

"짧은 여행길에 가방에 챙겨 가기에 내용으로 보나
책의 두께로 보나 딱 좋은 책이다. 암으로 마지막 순간을
맞이하는 것을 이상적이라고까지 생각하는 저자는 수개월
수명을 늘린다고 무슨 소용이 있겠냐며 남은 시간을 자신이
좋아하는 걸 하라고 권한다. 어느 환자에게든 술을 그만
마시라거나 담배를 줄이라고 말하지 않는다. 인생 마지막 거처를
돈으로 사지 말라면서, 최고급 양로원이 만사를 해결해줄 거라는
생각을 재고해 보라고 한다. 그곳이 마음 편한 인간관계를
보장해주지는 않는다는 것이다. 삶의 마지막 순간을 자택에서
행복하게 마무리하고 싶은 사람이 반갑게
읽을 수 있는 책이다."

정현채(서울대학교 의과대학 명예교수)

2,700명의 죽음을 지켜본 호스피스 의사, 인생의 마지막 순간에 깨달은 행복을 말하다!

후회 없이 내 마음대로

히라노 구니요시 지음 | 구수영 옮김

비아북

나는 '병을 고치지 않는' 의사입니다

—

나는 방문 진료를 전문으로 하는 의사다.

의사이기는 하지만 내 진료를 받고 병이 나은 환자는 사실 거의 없다.

나는 2002년 이바라키현 쓰쿠바시에 방문 진료 특화 클리닉을 개업했다. 그 이후 내가 주로 진료한 환자는 자택 요양 중인 고령자, 말기 암 환자, 기타 질병으로 종말기를 맞이한 환자…… 즉, 인생의 남은 시간이 얼마 되지 않는 사람들뿐이다.

그렇기에 내가 담당하는 환자 대부분은 병에서 회복하여 건강해지지 않는다. 그리고 다른 일반적인 개업의와 비교할 때 나는 압도적으로 많은 환자의 죽음을 마주하게 되었다.

개업 후 20년간 2,700여 명의 환자를 보살펴왔다. '호스피스 의사'를 자칭하며, 그런 제목의 책을 내기도 했다. 또한 자택에서의 죽음은 때때로 '의심스러운 죽음'으로 여겨져 경찰이 출동하는 일도 벌어진다. 그럴 때는 나 같은 의사의 개입이 필요하다. 그 때문에 나는 때때로 '자연사 감정인'이라고도 자칭해왔다.

많은 사람의 마지막 순간을 지켜본 나에게는 확신에 가까운 것이 두 가지 있다.

첫 번째는 자택처럼 자신이 원하는 곳에서 그 순간을 맞이하는 것이 당사자에게는 무엇보다도 행복하다는 점이다.

후생노동성(한국의 보건복지부, 고용노동부, 여성가족부 등에 해당하는 일본의 행정조직-옮긴이)이 2017년에 실시한 조사에서도 일본 국민의 63.5퍼센트가 자택에서 최후를 맞이하기를 희망했다. 그런데 실제로는 70퍼센트에 가까운 사람이 병원에서

숨을 거두고 있다.

두 번째로 확신에 차서 말할 수 있는 것, 그것은 불필요한 연명 조치는 결코 환자의 행복으로 이어지지 않는다는 점이다.

나는 과거 의사들이 정해져 있는 것처럼 환자의 마지막 순간에 시행하던 심폐소생술을 개업 이래 단 한 차례도 해본 적이 없다. 떠나야 할 때 떠남으로써 사람들이 평온하게 여행을 떠날 수 있다고 굳게 믿는다.

후회가 남는 삶을 살지 마라, 살고 싶은 대로 살아라

—

나아가 결승점을 목전에 둔 많은 사람과 나란히 달리다 보니 알게 된 것도 있다. 인생의 마지막을 살고 싶은 대로 살고 죽고 싶은 대로 죽음으로써 그 사람의 생명이 더 빛난다는 점이다.

그야말로 사람은 '꺼지기 전에 가장 밝게 빛나는' 법이다.

그러나 자칫 주변의 눈에는 '제멋대로'인 것처럼 비칠 수 있다. 그도 그럴 것이 가족의 간호가 없으면 생활을 영위할 수 없는 사람, 행정기관의 뒷받침이 없으면 생활이 불가능한 사람, 의사의 도움 없이는 살아갈 수 없는 사람…… 대부분이 주위의 누군가에게 신세를 지고 있기 때문이다. 그런 사람들이 제멋대로 행동하면, 도와주는 그 누군가의 손은 적지 않게 성가셔진다.

그래서 고령자나 종말기를 맞은 환자 대부분은 손가락질 당하지 않고자 예의 바르게 행동하며, 때로는 누군가의 눈치를 보면서 조심스럽게 생활한다. 그리고 의사의 권유를 받으면 그대로 입원을 하고 병실 침대 위에서 마지막 시간을 보내며 죽어가는 것이다.

하지만……
자신의 목숨이 자신의 것이라면, 자신의 '죽음' 또한 당연히 자신의 것이어야 하지 않을까.

그렇다면 얼마 남지 않은 아주 짧은 시간만이라도 마음 가는 대로 제멋대로 굴다가 죽는 것이 무엇이 나쁘단 말인가.

나는 사람의 최후란 목숨을 완전히 불태우는 순간이라고 생각한다. 그때 제대로 불타려면 사람은 제멋대로 살아야만 한다. 인생의 마지막 고비에는 더욱 악착같이 살아야 한다.

2,700명의 스승이 가르쳐준 것

—

제멋대로 떳떳지 못한 사랑에 빠지는 사람이 있었다.

제멋대로 술독에 빠진 채 사는 사람이 있었다.

제멋대로 저축을 탕진하는 사람이 있었다.

제멋대로 여행길에 오르는 사람도 있었다.

그리고 그들은 제멋대로 자택에서, 혹은 각자가 좋아하는 장소에서 삶을 전부 불태웠다…….

내가 간병한 2,700명 중에는 그렇게 목숨을 걸고 타이르듯 제멋대로 지내는 것의 소중함을 이 호스피스 의사에게 보여준 사람들이 있었다.

자기 마음대로 살던 그들에게는 분명 그들 때문에 휘둘리는 자식들이나 때로는 눈물을 짓는 배우자도 있었다. 하지만 그들의 삶과 죽음은 신기할 정도로 시원스럽기도 했다.

결국 남겨진 자들도 대부분 마지막에는 떠나는 자가 제멋대로 행한 행동을 용서하고 납득했으며, 미소까지 지으면서 평온하게 배웅할 수 있었다.

이 책은 멋지게 내 마음대로 행동하며 인생의 마지막 순간에 진짜 행복을 깨달은 2,700여 '스승'들의 이야기다.

그들이 어떻게 마지막 삶을 불태웠는지, 이제부터 우리는 어떻게 내 마음대로 살면 좋을지, 그 방법을 소개하는 책이다.

사람은 제멋대로 사는 게 좋다.
아니, 제멋대로 살아야만 한다.

차례

후회 없이 내 마음대로

제1장

'죽음'의 장소에서
'삶'을 둘러보다

모든 것을 불태우는
'궁극의 삶'을 지켜보며

나는 호스피스 의사지만,

매일 마주하는 것은 '죽음'이 아니다.

모든 것을 불태우려고 애쓰는, 마지막 화려한 '삶'의 자세다.

2,700명의 환자에게 배운 것은

그 '마지막 삶'을 어떻게 불태우는지에 따라

인생이 축약된다는 사실이다.

나를 호스피스 의사로 이끈
간호사

  글을 시작하기 전에 내가 왜 방문 진료 의사, 그것도 고령자나 종말기 환자만 진료하는 의사가 되었는지에 대해 조금 적어보고자 한다.

  환자의 치료를 숙원으로 삼아야 하는 의사, 그 끄트러기에 속하는 내가 왜 앞장서서 마지막 순간에 입회해왔을까.

  지금부터 전하는 두 가지 경험은 내가 방문 진료 의사가 된 이유를 알 수 있는 뿌리와 같다. 지금까지 내가 어떤 마음으로 많은 호스피스 환자를 간병해왔는지 조금은 알 수 있을 것이다.

내가 의사 면허를 취득한 지 얼마 되지 않았을 때의 일이다.

나는 당시 학창 시절의 실습 때도 신세를 진 이바라키현 서부의 종합병원에서 인턴을 맡고 있었다.

그 병원에서의 인턴 연수도 이제 2주 남짓 남았을 무렵, 물심양면으로 나를 도와준 베테랑 간호사의 자택에 저녁 식사 초대를 받았다. 집밥의 맛에 굶주려 있던 나는 기뻐하며 초대에 응했고, 그녀의 가족, 친척들과 즐겁게 식탁에 둘러앉았다.

"히라노 씨는 학창 시절부터 '다른 친구들과 조금 다르네'라고 생각되어 눈여겨봤어요. 연수가 끝나면 우리 병원에서 일하는 게 어때요? 저도 추천할게요."

신세를 지고 있던 간호사에게 그런 식의 칭찬을 받으며 기분 좋게 밥을 먹었다.

식사가 끝나자, 간호사가 갑자기 내 등 뒤의 장지문을 열었다. 그곳에 간호용 침대가 하나 있었는데, 침대 위에는 몸에 황달이 생긴, 한눈에 봐도 중병임을 알 수 있는 상태의 고령 남성이 누워 있었다.

그는 간호사의 80대 부친이었다. 듣자니 뇌경색을

앓고 있으며, 간도 약해져서 벌써 10년 가까이 자리보전하는 중이라고 했다. 최근에는 식욕도 거의 없다고 했다. "지금 당장 입원시키시죠"라는 내 말을 가로막듯이 간호사는 이렇게 선언했다.

"저희 아버지 말이에요. 여기서 돌아가셨으면 해요. 가족 모두 아버지가 입원해서 무리하게 치료받는 걸 바라지 않아요. 집에서 마지막 순간을 맞이하셨으면 하고 바라고 있어요. 히라노 씨, 부탁이니 저희 아버지의 임종을 지켜주지 않겠어요?"

나는 몸이 굳고 말았다.

지금의 나라면 기쁘게 받아들였을 것이다. 하지만 당시의 나에게 치료는 아직 많은 의료 종사자가 생각하는 대로 '마지막 순간까지 해야 하는 것'이었다. 그리고 많은 일본인이 그러는 것처럼 당연히 '사람은 병원에서 죽어야 한다'고 생각했다.

"적어도 지금 아버님의 몸에 어떤 일이 일어나고 있는지는 파악해야지요. 입원해서 정밀 검사하시죠."

신음하듯 이렇게 답하는 것이 최선이었다.

"집에서 간병하는 것은 법률적인 문제도 있지 않나

요? 치료하지 않은 것이 문제가 될 수도 있고요."

그렇게 내가 품고 있는 불안마저 솔직히 털어놓은 후, 나는 그 자리를 뒤로했다.

다음 날 아침, 병원에서 회진을 마칠 때쯤 나는 초음파 검사실에 불려갔다.

그곳에는 지난밤에 만난 간호사 부녀가 와 있었다. 소화기내과 부장님이 환자인 부친의 복부에 초음파 검사기를 가져다 대고 있었다.

'역시 입원을 선택했구나, 당연히 그렇게 해야지…….' 그렇게 생각하며 검사하는 모습을 가만히 지켜보았는데, 가만히 모니터를 바라보던 부장님이 이렇게 잘라 말했다.

"담석이 3개. 하지만 체력도 떨어져 있으니 이곳에서의 처치는 불가능해. 딸이 베테랑 간호사이기도 하고, 집에서 항생제라도 맞히는 건 어떨까."

나는 부장님의 말을 곧바로 이해하지는 못했다. 이내 부장님이 덧붙여 말했다.

"히라노 군. 나머지는 맡길게. 분명 좋은 인생 경험

이 될 거야. 이런 경험을 할 수 있다니, 고마운 일이
야.”

부장님의 한마디에 이 남성 환자의 재택 호스피스가
결정되었다.
나는 그날부터 연일, 일이 끝나면 그의 집에 들렀다.
환자의 집은 친척도 많고 언제나 떠들썩했다. 그곳에
서 내가 할 수 있는 일이라고는 청진과 촉진 정도였
다. 나머지는 딸인 간호사나 다른 가족과 이야기를 나
누는 것뿐이었다.
‘이걸로 정말 괜찮은가?’
재택 호스피스가 실현되어 가족들은 기뻐했지만, 내
머릿속에는 의문 부호만 떠올랐다.

만취 상태로 최초의
죽음을 입회하다

그리고 그 병원에서의 연수 마지막 날이 왔다.

나는 아세트알데히드 탈수소효소 결손으로, 쉽게 말해 술에 약하다. 그래서 평소에는 술자리를 피하는데, 그날 밤은 내 송별회였기에 마시지 못하는 술을 마실 수밖에 없었다.

이윽고 술자리에서 내 호출기가 멋대가리 없는 소리를 냈다. 예의 남성 환자, 즉 간호사의 부친이 하악 호흡(숨이 끊어지려 할 때 아래턱을 아래위로 움직이면서 쉬는 호흡-옮긴이)을 시작했다는 내용이었다. 나는 송별회를 뛰쳐나와 택시에 뛰어들었다.

그렇게 환자의 집에 달려간 나는 그의 가슴에 청진기를 대고 가족에게 "얼마 남지 않으셨습니다"라고 선언하고는 터무니없게도 의식을 잃고 말았다. 다시 말해, 분별없게도 술에 취해 쓰러진 것이었다.

어느 정도 시간이 흘렀을까. 정신이 들어 주위를 살펴보니 나는 환자 옆에 누운 채 놀랍게도 수액마저 맞고 있었다.

당황해서 튕겨 오르듯 일어났는데 환자는 이미 심장

박동이 멈춰 있었다. 알코올 탓에 녹이 슨 머리를 필사적으로 굴렸다. 의식이 몽롱한 상태인 내가 임종을 선언할 자격이 있는지 잠시 망설였지만 이윽고 스스로의 분별없음을 부끄러워하며, 그럼에도 가까스로 가족에게 환자의 영면을 선언했다.

이후 가족들에게서 내가 졸도해 있을 때의 이야기를 들었다.

가족들은 의식을 잃은 나를 환자 바로 옆에 눕혔다고 한다. 그리고 환자의 호흡이 멈출 것 같아 보여서 모두가 "할아버지!", "아버지!" 하고 환자를 불렀다.

그런데 어째선지 그 부름에 대해 "네!"라고 답한 것은 환자가 아니라 의식을 잃은 나였다. 절박한 그 순간, 높아지는 긴박감 속에 누워 있는 두 명을 둘러싼 모두가 내 얼빠진 답에 얼굴을 서로 마주하고 크게 웃었다고 한다.

그런 일을 몇 번인가 반복하는 사이에 환자의 호흡이 결국 멈추고 말았다고 했다.

"할아버지!"

"아버지!"

가족의 혼이 담긴 부름. 무정하게도 반응하지 않는 환자. 그리고 반복된 부름에 눈을 뜬 것이 옆에서 기절해 있던 인턴이었다는 말이다.

이렇게 내 첫 재택 호스피스 간병은 가족과 하나가 되어 추태를 부리면서도 울고 웃는 가운데 막을 내렸다.

마지막 순간에 주변이 웃을 수 있는 '삶의 방식'

정작 중요한 순간에는 취해서 쓰러져 있었지만, 내가 이전까지 경험했던 병원에서 임종을 맞이한 환자나 가족과는 그야말로 다른 분위기였다.

지금도 고인을 포함하여 그곳에 모인 모두가 그때의 죽음을 납득했다는 사실을 확실히 기억한다. 약간의 행복감마저 있었다. 그리고 그 후 병원 내에서 여러 환자의 임종을 마주했지만 비슷한 감정을 품었던 때는 단 한 번도 없었다.

그로부터 20여 년이 지났고 나는 2,700명 이상의 환자를 각자의 자택에서 호스피스 간병을 하며 떠나보냈다. 최근에는 내 방문 진료나 재택 호스피스 간병에 대해 다른 사람들 앞에서 말할 기회도 적지 않다.

어느 날, 이바라키현의 간호협회에서 강연할 기회를 얻었다. 강연 종료 후 대기실에 가보니 내가 처음으로 호스피스 간병한 환자의 딸, 즉 베테랑 간호사가 와 있었다. 그날 이후 처음 만나는 것이었다.

나는 그때 그와 같은 상태로 부친의 임종을 맞이한 것을 다시 한번 깊이 사죄했다. 간호사는 고개를 젓더니 웃으면서 이렇게 말했다.

"저희는 오히려 크게 감사하고 있어요. 지금도 친척들이 다 같이 모이면 그날 밤의 일을 말하면서 웃거든요. 히라노 씨에게 부탁한 아버지의 마지막은 우리 가족에게 정말로 좋은 추억이에요."

그 말에 몸 둘 바를 몰라 하자, 그녀는 이런 말을 했다.

"그래도 그 후에 히라노 씨가 방문 진료를 시작했다는 얘기를 듣고 어쩐지 미안한 마음이 들었어요. 저희의 제멋대로인 행동에 어울리게 해서 히라노 씨의 인생을 바꿔버린 건 아닌가 싶어서요."

분명 그날 밤의 경험은 강렬했다.

환자 가족들의 욕심이 한 명의 의사 경력에 큰 영향을 끼쳤다는 사실은 결코 과장된 말이 아닐 테다. 하지만 그것은 내 의사 인생을 이끌어준 무척이나 고마운 행동이었다고 나 자신은 받아들이고 있다.

나는 그녀를 향해 다시 한번 깊숙이 고개 숙였다.

"그날 밤이 계기가 되어 지금의 제가 있게 되었습니다."

때로는 주치의의 인생마저 바꿔버릴 정도인 환자나 가족의 욕심도 있다. 그렇게 새삼 깨닫게 된 간호사와의 재회였다. 그리고 제멋대로지만 올바른 욕심도 분명 있다고 생각했다.

재택 의료에 구원받은
유소년기의 체험

　나는 2002년 4월, 방문 진료에 특화된 클리닉을 개업했다. 처음에는 제대로 된 설비도 없었고 간호사도 없었다. 있는 것이라고는 내 몸뚱이뿐이었다.

　지금은 방문 진료가 절박한 구급 의료를 개선하는 역할을 할 것이라는 기대를 받으며 지역 의료에서 중요한 지위를 차지하는 분야가 되었다. 연수의 일환으로 방문 진료를 도입하는 대학 의학부도 적지 않다. 하지만 그런 변화가 생겨난 것은 최근 10여 년의 일이다. 내가 클리닉을 개업한 그때를 전후해서 이제 겨우 세상이 방문 진료와 재택 의료의 중요성에 주목하기 시작한 것이다.

　그렇기는 해도 나는 딱히 시류에 올라타서 병원을 개업한 것은 아니다. 부끄러운 이야기지만 병원 개업에 필요한 자금이 압도적으로 부족했다. 그래서 나 혼자 몸으로 시작할 수 있는 방문 진료 클리닉을 개업한 것에 지나지 않는다.

하지만 굳이 말하자면 거기에는 원동력이 된 체험도 있었다.

그중 하나가 앞에서 얘기한 첫 재택 호스피스 간병이다. 재택 요양 중인 부친이 자택에서 최후를 맞이하기를 바라는 간호사와 그 가족의 욕심에 휘말리는 형태로 경험하게 되기는 했지만, 거기서 내가 확인한 것은 병원의 침대 위에서는 좀처럼 가 닿을 수 없는, 온화하며 그야말로 '천수를 누린다'는 말이 무척이나 와닿는 죽음, 환자 본인과 가족 모두가 만족하는 죽음이었다. 인턴이었던 나는 그 환자의 임종에 깊은 감명을 받았다.

다른 하나는 재택 의료의 힘에 구원받은 나 자신의 체험이다.

나는 1964년 이바라키현 남부의 류가사키시에서 자전거 가게를 운영하는 부모님의 장남으로 태어났다. 어렸을 때는 제멋대로 "커서 나도 자전거 가게를 운영할 거야"라고 부모님에게 선언했다. 당시에는 가업을 잇는 것이 당연하다고 생각했다. 그랬는데 어떻게 의료 종사자로 진로를 바꾸게 되었을까. 여기에는 나 자신이 의료의 도움을 받은 경험이 적지 않은 영향을 끼쳤다.

어른이 되어 의사가 된 지금은 감기도 잘 걸리지 않지만, 어렸을 때는 몸이 약했고 자주 부모님의 등에 업혀 근처 병원으로 달려가거나 의사의 왕진을 받았다.

그리고 네 살 때, 나는 중증 폐렴을 앓으며 죽음의 목전에 서 있었다.

그 시기에 시내에는 나 말고도 폐렴에 걸린 유아가 여럿 있었고, 그중 두 명은 커다란 병원에 입원했음에도 불구하고 안타깝게도 세상을 떴다고 했다. 그 말을 들은 어머니는 아들의 입원을 강하게 거절했다.

"네 살짜리 애를 혼자 입원시킬 수는 없어요."

입원할 수 있는 병원이 집에서 50킬로미터나 떨어져 있다는 점도 이유 중 하나였던 듯하다. 어머니는 자기 아이를 자기 눈이 닿는 자기 집에서 요양시키기를 희망했고, 근처의 개업의가 어머니의 열의에 못 이겨 아침저녁으로 왕진을 와줬다.

처음에 집 2층에서 요양을 시작했을 무렵, 뢴트겐에 비친 내 작은 폐는 염증이 퍼져서 새하얬다고 한다.

머리맡에서 아들의 몸을 걱정하며 하염없이 우는 어머니, 그 어머니의 모습에 불안을 느끼고 "나, 죽는 거야?"라고 묻던 나……. 당시 부모님은 근처 장례식장에 유아용 작은 관을 발주한 상태였다고도 들었다.

주치의는 재택 요양 중인 내 폐렴 치료를 마지막까지 담당해줬다. 처음에는 위험한 상태였지만, 3개월의 요양을 거쳐 죽음의 문턱에서 무사히 생환할 수 있었다.

왕진할 때마다 주치의는 내 작은 손을 잡아줬다. 그 커다랗고 두툼하며 따뜻한 손에서 전해지는 듬직함을 어린 마음에도 제대로 느낄 수 있었다. 그리고 살면서 익숙한 공간, 즉 집에 있다는 안도감도 지금 돌아보면 결코 작지 않았다.

사선을 헤매다가 의료에 의해 무사히 돌아온 경험은 후에 의사를 지망하게 된 내 원점이 되었다.

그리고 집에서 편안함을 느끼며 요양할 수 있었던

체험이 그 후 방문 진료 특화 클리닉을 개업하는 데 원동력이 되었다는 점도 분명하다.

자기 몸에 익숙한 침대에 눕는다. 올려다보면 익숙한 천장이 있고 방에서는 평소와 똑같은 냄새가 난다. 그리고 옆에는 마음을 터놓을 수 있는 어머니와 가족이 있다.

의료 조건만 허용된다면 '내 집'이라는 공간은 최고의 요양 장소이자 마지막 장소가 될 것이라 확신한다.

죽음 직전의 환자들이
남긴 메시지

인턴 때의 경험, 그리고 유소년기의 요양 경험을 거쳐 나는 현재 재택 진료를 생업으로 삼고 많은 환자의 마지막 순간을 호스피스 간병하는 '방문 진료 의사'라는 직업에 몸담고 있다.

처음에는 표류 끝에 이 일에 와 닿았다고 생각할 때도 있었다.

하지만 지금 생각하면 내가 고르고 고른 길이라고 확신한다.

죽음이라는 장소에서 바라보는 삶.

그 마지막 순간을 같이 달리는 나에게 환자들은 정말로 많은 것을 가르쳐줬다.

나는 사후 세계도 모르고, 혼령 같은 것이 실제로 있는지 어떤지도 모른다. 다만 인생이라는 여정을 끝까지 달린 사람이 결승선을 통과하는 순간에 그들과 함께함으로써 많은 메시지를 받았다. 그리고 그 메시지를 대변해야 한다는 사명을 갖게 되었다.

다음 장부터는 그들에게 건네받은 메시지를 내 나름대로 엮어보려고 한다. 단적으로 말하자면 그것은,

'중요한 것은 마음이 가는 대로 하고 싶은 것을 전부 다 하는 것, 삶을 전부 불태우는 것'

이다.

끝까지 제멋대로 굴다가 떠난다.

그것이 본인을 위한 일에 그치지 않는다는 사실을

나는 알게 되었다. 그것이 남겨진 사람들에게도 가장 좋은 길이다.

사람은 마지막 순간만큼은 제멋대로 욕심을 부리는 것이 딱 좋다.

제2장

후회 없이
내 마음대로
산다

내가 하고 싶은 것을,
하고 싶은 방식으로

내 환자가 '낫는' 일은 없다.
하지만 진료가 언제나 괴로운 시간인 것은 아니다.
인생의 한계를 깨닫고 스스로에게 솔직하고
성실하게 살고자 하는 환자들.
내가 의사로서 가장 행복한 순간은
그런 환자들의 '삶의 방식'을 접할 때,
그리고 '좋은 제멋대로'를 만날 때다.

가운을 입지 않는 의사

나는 의사지만 흰 가운을 전혀 입지 않는다.

방문 진료 때도 언제나 간편한 사복 차림이다.

우리가 방문할 수 있는 범위는 기본적으로 클리닉에서 반경 16킬로미터 안쪽으로 정해져 있다. 나는 클리닉이 있는 이바라키현 쓰쿠바시와 그 주변 마을의 시골길을 작고 너덜너덜한 차로 매일 달려가며 요양 중인 환자의 집이나 환자가 있는 시설을 방문한다.

앞서 나는 나를 '호스피스 의사'라고 적었다. '자연사 감정인'이라고도 했다.

그렇기는 해도 내 일이 환자의 마지막 순간을 만나는 것뿐인가 하면, 결코 그렇지는 않다.

당연하지만 임종을 맞는 그 순간까지 환자들은 모두

살아 있다. 즉, 내가 마주하는 것은 '죽음'이 아니라 어디까지나 '삶'이다.

상황을 감안하면 곧 꺼져버릴 것 같은 촛불 같은 삶이지만, 그럼에도 여전히 흔들리며 계속 타오르는 삶을 매일 마주한다.

그렇기에 종말기 환자를 담당하는 나 같은 방문 진료 의사의 역할은 환자 인생의 마지막 나날이 충실해지도록 도와주는 일이다. 구체적으로는 그들이 안고 있는 아픔의 조절, 즉 완화 치료를 중시하는 것이 주가 된다.

곧 꺼져버릴 것 같은 삶을 마주하기에 나의 방문 진료 의사로서의 일상은 언제나 밝고 즐겁지만은 않다. 하지만 그렇다고 해서 어둡고 고통스러운 하루하루인 것도 아니다.

마지막 모퉁이를 돈 환자가 약간 힘을 내는 것만으로도 행복해지며, 본인이나 가족과 함께 즐거워하기도 한다.

병이 좋아지는 일은 거의 없으며, 치료를 시작한 이후 환자가 '하지 못하던 일을 할 수 있게 되는 경우'도 없다. 그럼에도 얼마 남지 않은 시간 속에서 환자의 하루가 무사히 지나는 데 대한 성취감이나 만족감은 적지 않게 존재한다.

고령자나 종말기 환자라고는 하지만 모든 사람이 그저 누운 채 자리보전하는 것만은 아니다. 그들 중에는 의식은 물론, 인지 능력도 제대로 갖추고 있는 사람도 적지 않다.

그런 그들, 풍부한 인생 경험을 갖춘 대선배들이 입에 담는 말은 정말로 의미가 있고 시사점으로 가득 차 있기에 그야말로 직접적으로 마음을 찌른다. 때로는 풋내기 방문 진료 의사의 눈을 뜨게 해주는 일조차 있다.

내가 이 방문 진료 의사라는 일을 하면서 가장 두근거릴 때는 그런 인생 대선배들의 의미 깊은 삶을 마주했을 때, 그리고 그들이 올바르게 제멋대로 구는 모습을 만났을 때다.

불이 다 타버리기 직전에 다시 한번 빛을 발하는 삶의 불길을 눈으로 마주하면 마음이 뜨거워진다. 도와줄 수 있는 일이 있다면 무엇이든 하고 싶다. 그렇다. 나에게는 '제멋대로인 노인 만세!'인 것이다.

내 마음대로
하고 싶은 일을 한다

마지막 순간까지 자신이 하고 싶었던 일을 해낸 인상 깊은 환자가 있다.

그 남성은 본래 사립 고등학교의 영어 교사였다. 그 자리를 그만두고 유학을 거쳐 사립대 영문과 교수까지 올랐던 사람이다.

내가 그를 처음 만났을 때는 백혈병과 간질성 폐렴을 앓고 있었고, 여명은 수개월이라는 진단이 내려진 상태였다. 그는 분당 5~10리터의 산소 흡입을 하면서 집에서 완화 치료를 하게 되었다. 옷을 갈아입거나 양치질을 하는 등 생활 속의 사소한 행위만 해도 산소 농도가 뚝 떨어져서 괴로웠을 테다.

나는 그런 그와 가족에게서 어느 날 "지바현의 다테야마에 가고 싶다"라는 요청을 받았다.

보통이라면 "절대로 불가능합니다. 가시면 안 됩니다"라고 명해야 할 상황이었다. 그러나 본인, 그리고 가족들에게서도 남다른 각오가 전해져서 머뭇거리다 애써 밝게 농담조로 말했다.

"알겠습니다. 여행지에서 만에 하나의 일이 생기면, 그야말로 숨이 헐떡거리는 상황이 오더라도 남에게 들키지 말고 도네가와강(이바라키현과 지바현의 경계를 흐르는 강-옮긴이)을 넘어 돌아오세요."

그런 농담을 가볍게 받아넘기고 목숨을 건 드라이브 여행에 나선 그는 어떻게든 무사히 생환했다.

같은 해 9월, 그가 이번에는 "시의 문화제 무대에서 노래하고 싶다"라고 말을 꺼냈다. 놀랍게도 "사실 봄 무렵에 이미 참가 신청은 해놨다"고 했다.

앞서 말했듯 옷을 갈아입는 행위 하나만으로도 괴로

움을 느끼는 사람이다. 평범하게 대화를 나눌 때조차 숨이 차고 기침도 난다. 나는 그가 무대에서 노래하기란 도저히 불가능하다고 생각했다.

그렇다고 환자에게서 삶의 희망을 빼앗고 싶지는 않았다. 그래서 굳이 취소시키지는 않고, "몸 상태를 보고 판단해주세요"라고 전하는 데 그쳤다.

그러면서 "경우에 따라서는 용기 있게 철수하는 것도 염두에 두세요"라고 덧붙였다. 하지만 솔직히 말하면 나는 속으로 이런 상태에서 노래를 부를 수 있겠느냐고 생각했다.

그리고 문화제 다음 주의 일이다.

여느 때처럼 그의 집으로 왕진을 갔더니 간병 침대에 누워 있는 그가 기쁜 듯 미소를 지으며 브이 포즈를 취해 보였다. "설마……"라고 생각하고 있는데, 그가 가족이 촬영했다는 동영상을 보여줬다.

그곳에 비친 것은 문화제가 열린 문화홀의 무대였다.

무대 위에서 스포트라이트를 받고 있는 사람이 보

였다. 무대 의상을 입은 피아니스트와 바이올리니스트, 둘의 모습이었다. 두 사람이 연주가 시작되자 노래 「문리버(Moon River)」의 전주임을 알 수 있었다. 영화 「티파니에서 아침을」에서 주연 오드리 헵번이 부르고 앤디 윌리엄스가 앨범에 수록해 크게 히트한 왕년의 명곡이다.

짧은 전주 후, 성량이 풍부한 남성 보컬의 멋진 노랫소리가 울려 퍼졌다. 그런데 무대 위에는 가수의 모습이 없었다. 노랫소리의 주인공은 영락없이 지금 내 앞 간병 침대에 누워 있는 그였다.

그는 마이크를 통해 관객을 사로잡는 성량으로 낭랑하게 노래를 불렀다. 역시 전직 영문과 교수인 만큼 영어 가사 발음도 원어민과 비교할 때 전혀 손색이 없었다.

가족들에 따르면, 완벽한 노랫소리는 들려오지만 가수의 모습이 무대 위에 보이지 않았기에 처음에는 CD라도 틀어놓은 것이 아닌가 착각한 관객도 적지 않았다고 한다.

그러나 그는 분명히 노래를 직접 부르고 있었다. 영

상은 은은한 불빛이 비치는 관중석에 있는 그의 옆모
습을 포착했다. 만일을 대비해 그는 객석에서 마이크
로 노래를 부르기로 선택한 것이었다.

노래를 마친 그는 가족들의 부축을 받으며 일어서
서는 청중을 향해 살짝 인사했다. 산소 흡입관을 코에
장착한 채 그는 끝까지 멋지게 노래를 불러냈다.
예전에 한 성악가는 "악보대로 불러봤자 재미없다.
인생을 짊어지고 노래를 부르기에 사람의 마음에 노
래가 가닿는다"라고 말했다.
목숨을 건 그의 노랫소리는 분명 관객의 가슴에 가
닿았다. 가족들에게 안겨 행사장을 나서는 그를 향해
사정을 이해한 관객들이 우레와 같은 박수를 보냈다.

내 동업자 중에는 그가 무대에 출연한 일을 환자가
제멋대로 행동한 사건으로 받아들이는 사람이 있을지
도 모른다. 어쩌면 비슷한 용태의 가족이 있는 사람
중에는 무모한 행위를 비난하는 목소리를 내는 이도
있을지 모른다.

하지만 나는 이것이 기적의 무대라고 생각한다.

목숨을 걸고 무언가를 한다. 그건 각자의 자유다. 자유는 누구도 빼앗을 수 없다. 그 결과가 '기적'이라고 부를 수 있는 것이 되든, '제멋대로'라고 나무랄 일이 되든, 그런 것은 알 바 아니다. 하고 싶은 것을 한다. 그것뿐이다.

많은 사람을 호스피스 간병해온 지금, 나는 남은 시간이 한정되어 있을수록 '해보고 싶은 것'을 해내야 한다는 사실을 알게 되었다. 제멋대로인 마음을 봉인할 필요는 어디에도 없다.

기적의 무대로부터 한 달 후, 그는 조용히 최후를 맞이했다. 삶을 다 불태운 그의 얼굴은 그야말로 평온해 보였다.

계속해서
새로운 일을 찾는다

앞서 얘기했지만 나는 2002년 방문 진료 특화 클리닉을 개업했다. 그 이후 많은 환자를 호스피스 간병해왔는데, 그 과정에서 환자의 임종을 지킬 수 없는 가족이 꽤 많다는 사실에 놀라기도 했다.

그리고 그 상황은 가까운 미래에는 인생의 마지막 장소를 찾을 수 없어서 '간병 난민'이라고 불러야 할지도 모르는 고령 환자나 종말기 환자가 다수 출현할 것이라는 사실을 말해준다.

그리하여 나는 클리닉을 개업할 때부터 경영 파트너와 상담하여 '호스피스 플랫폼'을 개설하고자 생각했다.

이에 따라 우선 2013년에 정원 98명의 재택형 유료 양로원을 개설했다. 2019년에는 같은 부지 내에 '소규모 다기능형 재택 간호 시설'도 개업했다.

그 양로원에서 2022년에 85세로 천명을 다한 여성을 나는 애정을 담아 '붉은 악마'라고 불렀다.

'붉다'라는 것은 머리카락의 색을 말한다. 그녀는 80

대에 펑크록을 부르는 가수처럼 머리를 새빨갛게 물들였다. 그리고 '악마'란 그녀의 삶의 방식을 표현한 것이다.

언제 어느 때든 상식에 사로잡히지 않고 주변에 동조하지 않으며 자유롭게 하고 싶은 것을 마지막까지 한다. 그렇다. '제멋대로'로 가득 찬 삶을 용기 있게 관철하는 그녀의 삶의 자세를 보고 나는 그녀를 '붉은 악마'라고 명명했다.

악마라는 별명을 붙이기는 했지만, 당연히 나를 비롯한 시설 스태프들이 그녀에 대해 부정적인 마음을 갖는 일은 전혀 없었다. 오히려 그녀가 다음으로 무엇을 할지 모두들 몰래 기대했다.

"지금까지 해본 적 없는 일을 할래"

그녀는 기타칸토 지방 출신으로, 토목회사를 운영하는 집의 막내딸로 태어났다고 한다. 어렸을 때 그녀의

집은 지역의 댐 건설이나 철도 건설로 꽤 번성했다고
한다.

"식사는 항상 많은 노동자와 함께 했어. 하룻밤 자고
한 끼 얻어먹으려고 흘러들어오는 남자들이 집에 언
제나 가득했지."

그 후 그녀는 도시에 동경을 품고 도쿄의 단기대학
에 진학했다. 부모는 여자 기숙사에서 지내길 바랐다
고 하지만, "그럼 재미없잖아" 하고 친구들과 연립주
택을 같이 빌려서 자유로운 학창 시절을 보냈다고 한
다. 졸업 후 곧장 최초의 결혼과 이혼을 경험하고, 이
혼 후에는 새롭게 취직을 했다.

"아직도 있는 유명한 저작권 관리 단체인데, 취업 후
에야 내가 비정규직이라는 사실을 알게 됐어. 그래서
크게 분개하고 한바탕 말썽을 부렸지. 그렇게 정규직
자리를 차지했어."

악마의 일면을 들여다본 것 같은 에피소드였다. 그
때부터 그녀는 주변에 휘말리지 않는 성격을 확실히
보유하고 있었다.

해당 단체에서 정년까지 일한 그녀는 정년 직전이 되어 그동안 오래도록 교제하던 남성과 재혼을 하게 되었다. 하지만 축하받아야 할 이 결혼식 연회 자리에서도 악마는 본심을 발휘했다.

"남편의 고향 지역의 오래된 풍습이라는데, 친척 일동이 같은 묘에 들어가야 한다고 그러는 거야. 참지 못하고 말해버렸지. '웃기지 마! 나는 이 사람과 결혼한 것뿐이지, 당신들과 결혼한 게 아니야!'라고. 축하연의 분위기가 완전히 깨졌지, 뭐."

그녀는 그렇게 말하고 새빨간 머리카락을 마구 흩뜨리며 호쾌하게 웃었다. 그 사건 이후, 남편의 친척은 뒤에서 그녀를 '귀신'이라고 불렀다고 하니까 내 작명 센스도 완전히 꽝은 아니었는지 모른다.

그 후, 사랑하는 남편을 먼저 보내고 오랜 기간 혼자 살았다고 한다. 사랑하는 사람과의 이별은 "꽤 괴로웠다"라고 그녀는 뒤돌아봤다.

"오래도록 울적하게 지냈어. 그러다가 '이대로는 안 돼!'라고 생각했지. '무언가 찾아야 해, 지금까지 한 적

없는 것을 하자!'라고."

스스로를 격려하며 그녀가 뛰어든 곳은 연극의 세계
였다.

당시 이바라키현 우시쿠시에서 살던 그녀는 일단 신
문광고에서 본 극단의 지역 지부에 등록한 후 연극 연
습을 시작했다.

"근데 말이야. 시골 지부였기 때문인지, 우리 지역은
아이 역할밖에 없더라고. 아, 너무 짜증이 나는 거야."

이렇게 웃는 얼굴로 독설을 내뱉는 악마. 어쩔 수 없
이 고령의 극단원도 많이 소속되어 있는 도쿄의 본부
까지 다니게 되었다고 한다.

"그곳에서 첫 무대를 경험할 수 있었어. 우라시마 타
로(위기에 처한 거북이를 구해준 대가로 용궁에 갔다가 돌아오는
이야기-옮긴이)를 모티브로 한 이야기로, 내가 맡은 역할
은 심해어였어. 심하지 않아?"

배우로서 악마는 더욱 높은 곳을 목표로 삼았다. 다
음으로 그녀가 문을 두드린 곳은 유명한 연출가가 사
이타마현에 설립한 실버 극단이었다.

약 1,600명이나 되는 사람이 응모한 가운데, 그녀는

훌륭하게도 입단에 성공했다. 그뿐 아니라 주인공인 줄리엣 역할마저 차지하게 되었다.

나아가 "실은 여기서 새로운 남자친구가 생길 뻔하기도 했어"라고 악마는 의미심장한 미소를 보였다.

"응모한 1,600명은 대부분 여성이었지. 나와 마찬가지로 연극 초보뿐이었고. 하지만 몇 되지 않는 남성들은 모두 멋진 데다가 어렸을 때부터 무대를 밟아온 경험자가 많았어."

어느 날 연습을 마치고 돌아오는 길, 도로 위에서 넘어져 옴짝달싹하지 못하게 된 적이 있었는데, 잘생긴 로미오가 달려와서 그녀를 감싸 안고 상냥하게 몸을 일으켜줬다고 한다.

"'혹시라도 새로운 사랑이 생겨날지 몰라'라고 생각했지. 다음 날 긴장한 채 연습 장소에 갔는데 그 남자, 다른 여성 극단원을 꼬시고 있더라. 헛물켠 거지 뭐."

새로운 사랑은 이루어지지 않았고, 그녀는 독거생활을 계속했다. 하지만 그런 악마에게 이번에는 병마가 찾아왔다. 폐암을 앓게 된 것이다.

80세 암 투병 중에
영어 회화 교실에 다니기 시작하다

큰 병을 앓으면서도 정열의 불꽃은 꺼지지 않았다. 80대가 되어 영어 회화 교실에 다니기 시작했으니 말이다.

"우리 어렸을 때 영어는 적국의 언어였어. 배울 기회도 없었지. 앞으로 해외여행을 가고 싶다는 생각은 안 해. 계속 품고 있던 영어 콤플렉스를 어떻게든 살아 있는 동안 극복하고자 생각한 것뿐이야."

내가 그녀와 처음 만난 것은 폐암이 발병하고 2년 정도 지난 2022년 무렵이었다.

진행성 폐암을 앓으며 입·퇴원을 반복하다가 체력이 떨어지기도 해서 입소할 시설을 검토할 때였다.

그래서 악마답지 못한 약한 모습도 보였다. 인생의 남은 시간은 그렇게 길지 않다. 그리고 어떤 의미에서 어디까지든 내키는 대로 살아온 그녀에게는 의지할 만한 일가친척이 단 한 명도 남아 있지 않았다.

하지만 처음 대면하는 그녀에게서 지금까지의 인생

이야기를 들은 나는 "부디 마지막까지 저희 시설에서 돌봐드릴 수 있게 해주세요"라고 고개를 숙였다.

물론 내가 경영하는 시설의 매출로 연결하고 싶었기 때문은 아니다. 80대라고는 도저히 생각되지 않는 향상심, 불쾌하지 않게 시원시원한 말투로 말하는 자기 이야기. 나와 다른 스태프 모두 그녀의 삶에 매료된 것이다.

이 붉은 머리 여성의 인생 종반을 같이 달리고 싶다, 그녀의 삶을 마지막까지 지켜보고 싶다, 솔직히 그렇게 생각했다. 그것은 그녀가 가진 악마의 매력 덕택이었는지도 모른다. 나는 케어 매니저에게 꼭 그녀의 앞으로를 지켜볼 수 있게 해달라고 부탁했다.

담백하게 사는
사람의 상쾌함

최초의 만남으로부터 며칠 후, 그녀는 내가 운영하는 시설에 입소했다.

입소 당시에는 '이제 끝인가'라고 생각될 정도로 몸 상태가 악화되기도 했지만, 그녀는 불굴의 정신력으로 훌륭히 다시 일어났다.

산소 흡입을 받으면서도 시설 내에서 여전히 자유롭게 살았다. 전기 주전자를 사용해 취향에 맞게끔 달걀을 삶는 방법이나 인스턴트 라면을 끓이는 방법을 고안해내고는 기뻐하기도 했다.

그런 악마의 이야기가 듣고 싶어서 나는 시간이 있을 때마다 그녀가 좋아하는 디저트를 손에 들고 방을 방문했다.

어느 날, 그녀가 내 얼굴을 보며 깔깔 웃은 적이 있었다.

"머리가 이상해지신 건가요?"

농담을 반쯤 섞어서 내가 묻자, 그녀는 "그런 거 아니야!"라고 답했다. 그리고 조금 촉촉한 말투로 이야기를 시작했다.

"남편이 죽고 난 다음 나는 혼자가 되었잖아. 그런데 이 시설에 들어왔더니 스태프들이 이래저래 말을 걸

어주거든. '아픈 곳은 없으세요?'라든지 '오늘은 기운이 없으시네요?'라든지. 그러다 보니 '아, 어쩐지 좋네. 그리워'라는 생각이 들더라고.

그런 생각을 하다 보니, 오래전 고향 집 합숙소에서 떠돌이 노동자들하고 밥 먹고 같이 놀던 때가 떠오르는 거야. 인생, 이 나이가 되어 마지막 순간에 다시 그 70년 전과 비슷한 삶을 살 수 있다니…… 정말 눈물이 나올 것 같아."

"정말 눈물이 나올 것 같아"라고 말한 악마의 얼굴에는 그 말과는 정반대로 완전히 만족스러운 웃음이 퍼져 있었다.

그런 산뜻한 미소를 띤 채 그로부터 한 달 후, 그녀는 조용히 먼 여행을 떠났다.

오늘 즐길 수 있는 건 뭘까?
내일 하고 싶은 건 뭘까?

붉은 악마는 항상 내일을 바라봤다.

남편과 사별하고 홀로 남았을 때도, 큰 병을 앓고 생각대로 움직이지 못하게 되었을 때도, 그리고 양로원에 입주해서 인생의 남은 시간이 얼마 남지 않았다고 깨달았을 때도……. 어떤 상황에 놓여도 그녀는 언제나 자기가 좋아하는 무언가를 계속해서 찾았다.

이른바 '계속해서 찾는 제멋대로'를 마지막 순간까지 관철한 것이다.

붉은 악마가 보낸 '여생'은 '노후'라고 불리는 시간을 사는 모두에게 무척이나 소중한 시사점을 남겨줬다.

나는 과연 언제까지 지금 일을 계속할 수 있을까. 마지막에는 어떤 병을 앓고 바닥에 쓰러지게 될까. 그런 것은 지금 생각해봐도 어쩔 수 없는 일임을 알지만, 때로는 상상하게 된다.

그럼에도……

나도 붉은 악마의 삶의 방식, 죽음의 방식을 모범으로 삼아 마지막 그 순간까지 솔직하게 하고 싶은 것을 계속해서 찾고 싶다. 일이어도 좋고 취미여도 좋다. 지역 이벤트일지도 모르고 집 안에서 혼자 담담히 해낼 수 있는 일일지도 모른다.

  내가 그녀와 가까운 나이가 되었을 때, 나는 무엇을 '찾게' 될까. 지금으로서는 상상도 할 수 없는 것을 찾고 있을지도 모른다고 생각하면 어째선지 두근두근 가슴이 뛴다.

  삶을 불태우는 것은 그저 살아가는 것만은 아니다.

  자신이 '하고 싶은 일', '되고 싶은 존재'를 자각하고, 그것을 향해 행동을 일으키는 것이야말로 삶을 불태우는 것이라고 붉은 악마는 나에게 가르쳐줬다.

'폐를 끼치고 싶지 않은'
마음에 저항하다

'어차피 죽을 거니까'라는 말은
사용하는 사람에 따라 의미가 달라진다.
'보통이라면'과 같은 사회적인 '상식'에 얽매여 있는 동안에는
삶을 제대로 불태울 수 없다.
'어차피 죽을 거니까 자식에게 폐를 끼치고 싶지 않다'여서는 안 된다.
'어차피 죽을 거니까 하고 싶은 것을 해야 한다.'

_____

70대에 처음으로 염원하던
'마이 홈'을 가진 스미 씨

스미 씨도 멋지게 자신의 제멋대로인 욕심을 부리고 먼 여행을 떠난 사람이다.

스미 씨는 제2차 세계대전 이후 얼마 지나지 않은 시기에 지방에서 태어났다. 태어난 집은 가난했고, 지역 초등학교를 졸업한 후에는 곧장 도쿄에 더부살이로 떠나게 되었다고 한다. 그 후 젊은 나이에 결혼을 했고, 오랜 시간 길거리에서 구두닦이나 가정부 일을 하며 가계를 지탱했다.

"아이는 남자아이를 하나 낳았어요. 계속 쪽방살이를 하면서 키웠습니다."

스미 씨는 쪽방살이를 했다는 사실에 콤플렉스가 있

었고, 그것을 꽤 오랜 기간 품고 있었다고 한다.

지방 출신인 그녀에게는 자신의 집을 가져야만 처음으로 한 사람의 몫을 해내는 것이라는 마음이 있었으리라. 특히 그녀가 육아에 분주했던 기간은 일본이 계속해서 경제성장을 이룩하던 때였다. 누구나 자신의 성을 쌓는 것을 꿈꾸는, 마이 홈 붐이 일었다. 그렇기에 스미 씨는 "계속 쪽방살이를 하다 보니 아들이 어깨를 펴지 못했을 거예요"라고 줄곧 신경이 쓰였던 것이다.

아들이 성인이 되어 독립을 하자 스미 씨와 남편은 이바라키현으로 이사했다. 그리고 그녀는 70대가 되어 처음으로 자신의 집을 짓기로 결심했다.

토지는 빌린 듯하지만, "건물뿐인데도 건축비만 2억 원이 들었어요"라고 말하며 가슴을 펴게 만드는 훌륭한 단층 단독건물이었다.

하지만 아무리 오랜 기간의 꿈이었다고 해도 70대 말에 집을 짓는 것이 가당키나 할까. 훌륭한 집을 세웠다고 해도 그곳에서 살 수 있는 시간은 한정되어 있다. 몇십 년을 한 푼 한 푼 아껴가며 겨우겨우 모은 돈 2억 원을 써버리는 것이 옳은 일일까. 냉정하게 생각하면 노후 자금으로 사용하거나, 자기들이 죽은 후에는 자식에게 현금으로 남기는 것이 올바른 선택지일지도 모른다.

그녀의 방문 진료를 시작한 것은 그 후의 일이기에 내가 왕진을 다닌 곳은 그녀가 자랑하는 '마이 홈'이었다. 부엌과 거실, 그리고 부부 각자의 방이 한 개씩, 모두 네 개의 방이 일본 전통에 따라 밭 전(田) 자 형태로 배치되어 있었다. 간결하지만 효율적이며, 바람이 잘 통하고 기분 좋은 집이었다.

"저는 전혀 배우지 못했어요. 하지만 오래도록 가정부를 하면서 이런저런 사람들의 집을 봐왔거든요. 어떤 집이 살기 좋은지 계속 연구했죠."

이렇게 말하며 스미 씨는 미소 지었다.

방문 진료 의사의 입장에서도 멋진 방 배치라고 생각했다. 다리와 허릿심이 약해지는 고령자에게 2층 건

물은 거의 의미가 없다. 방의 개수가 다소 늘어난다고 해도 계단 오르내리는 것을 겁내다 보니 2층 방은 거의 '열지 않는 공간'이 되기 때문이다. 그리고 단순한 구조의 집이기에 고령자가 돌아다니기 힘든 어둡고 좁은 복도도 없었다. 부부 두 명이 최소한의 동선으로 생활하며 살아갈 수 있도록 만들어져 있었다. 스미 씨가 '계속 연구했다'라고 말한 이유가 있는, 정말로 이치에 맞게 잘 설계되어 만들어진 집이었다.

다만 한 가지 스미 씨의 오산이 있었다고 하면, 그것은 집이 완성된 후 1년 만에 남편이 타계해버린 일일 것이다.

"그러게요. 남편이 금세 세상을 떴어요."

이렇게 말하고 그녀는 쓸쓸한 미소를 보였지만, 적어도 그들의 노후 설계는 완벽했다.

그녀는 그 간결하고 고령자가 살기 좋은 집에서 남편 사후에 5년 정도를 보냈다. 그녀의 바람은 마지막 순간도 자랑스러운 마이 홈에서 맞이하는 것이었지만, 87세 때 화장실에서 움직이지 못하게 되어 결국 그 꿈을 포기할 수밖에 없었다.

　나는 그녀의 아들과 상담하면서 우리 그룹이 경영하는 시설에 입소할 것을 제안했다.

　"시설 중에는 경구로 식사하기 곤란한 고령자의 입주를 거절하거나 입소한다고 해도 슬슬 위험해지면 연계 병원으로 보내버리는 곳도 있지만, 우리는 절대 그러지 않습니다. 다만 입주 비용으로 매달 200여 만 원이 들지요. 몇 년간이나 그런 금액을 내야 한다고 상상하면 머리가 아프실 테지만, 솔직히 어머니는 한 달도 버티지 못하실 것 같아요."

　내 설명을 듣고 잠시 생각에 잠긴 아들은 마지막에 결국 "잘 부탁드립니다" 하고 말하며 내 손을 잡았다.

　이렇게 스미 씨는 자랑스러운 마이 홈을 뒤로하고 시설에 입소했다. 그리고 그로부터 2주 후, 조용히 숨을 거뒀다.

　시설 입소 후에 스미 씨를 방문한 아들에게 나는 어머니가 집을 세우는 것을 왜 반대하지 않았는지 물어본 적이 있다. 그러자 그는 담담하게 이렇게 답했다.

"분명 앞으로 몇 년 살지도 못할 집을 굳이 저축을 다 써가며 짓는 게 바보 같다고 생각했어요. 하지만 어머니의 오래된 꿈이기에 반대하지는 않았습니다. 집이 생겨서 무척이나 기뻐하던 어머니의 얼굴을 보고, 결국 잘한 일이라고 생각했지요."

고령 환자들은 종종 "어차피 곧 죽을 테니까"라는 말을 입에 담는다. 늙고 남은 기간이 길지 않은 그들에게 그 말은 우리가 상상하는 것과는 그야말로 다른 차원의 리얼리티를 지니고 있다.

스미 씨는 그 리얼리티를 지닌 채 제멋대로 욕심을 부려 꿈을 이루었는지도 모른다. 그리고 거기에는 어머니가 제멋대로 구는 것을 허용한 상냥한 아들의 존재를 빼놓을 수 없을 테다.

예금 잔액도, 삶의 에너지도 전부 써버린 스미 씨는 무사히 여행을 떠났다.

마지막 그 순간까지
'나 자신'으로 있고 싶다

환자 중에 60대 중반의 치과의사가 있다.

간질성 폐렴을 앓고 있으며 상시 7~10리터의 산소를 흡입해야 한다. 의자에서 일어나는 것만으로 산호 농도가 저하되는 중증 환자다.

하지만 그는 지금도 일주일에 4일 정도, 오전 중에 몇 명의 환자를 상대할 뿐이기는 하지만 여전히 치과의사로서 진료를 이어가고 있다.

가족 관계는 조금 복잡하고 이래저래 사정이 있어서 지금은 혼자 산다. 근처에 사는 여동생이 그의 요양을 도와주고 있다.

폐의 '간질'이라는 부분을 중심으로 염증이 생기는 것이 그가 앓고 있는 간질성 폐렴이다. 염증에 따라 폐포 벽이 점차 섬유화되어 단단하고 두꺼워진다. 그 결과, 폐가 제대로 부풀어 오르지 않아 환자는 고통을 느끼고 기침이 나오며, 병이 진행되면 호흡 부전에 빠지기도 한다.

이것은 어디까지나 내 경험에 의한 것이지만 이 간질성 폐렴에 걸리면 마음이 어두워지고 부정적으로 변해버리는 사람이 적지 않다.

항상 호흡 곤란과 싸우기에 마음이 쉽게 어두워지는 것도 이해가 간다. 그런데 이 치과의사는 어째선지 묘하게 밝다. 주치의로서는 그가 자신이 병에 걸린 상태임을 제대로 인식하고 있는지 의문스러울 정도다. '도저히 불가능하다고는 할 수 없지만 제대로 일할 수 있는 상태는 아니다'라는 사실을 정말로 알고 있나?

하지만 상대는 나와 같은 의료 종사자다. 거기다 내 고등학교 선배라는 개인적인 사정도 있어서 그와 같은 의문을 던져도 되는지 주저했다. 만약 자신의 병에 대한 인식이 전혀 없다면, 도대체 사실을 어떻게 전해야 할지 골치가 아팠다.

어느 날 왕진 전에 집 밖에서 그의 여동생에게 물었다.

"오빠분이 지금 자신의 병이 어떤 상태인지 이해하고 계신 거 맞죠?"

그러자 여동생은 "당연히 알고 있겠죠"라고 답했다. 그런데 어떻게 치과의사라는 일을 계속할 수 있는 것인지, 나는 의문을 떨쳐버릴 수 없었다.

일의 특성상 치과의사는 환자의 입안을 진찰하기 위해 몸을 앞으로 기울이는 자세를 취할 수밖에 없다. 그것은 간질성 폐렴을 앓는 그에게 무척이나 괴로운 자세일 테다. 그 점에 대해서도 여동생에게 묻자, "본인도 진료 후에는 산소 농도가 떨어지는 점을 자각하고 있어요"라고 말했다. 그런데 왜 진료를 계속하는지……. 여전히 의문은 남았다.

어느 날의 일이다. 그가 치과의원에서 진찰 중에 호흡 곤란에 빠졌다는 연락을 받았다. 서둘러 달려갔는데 그는 조금 상태가 괜찮아진 듯 "폐를 끼쳐서 죄송합니다"라고 웃는 얼굴로 고개를 숙였다.

조금 상태가 좋아졌다고는 하지만, 산소 포화도는 60퍼센트대였다. 위험한 상태라는 점은 달라지지 않았다. 두 명의 치과의원 스태프, 그리고 여동생도 바로 옆에서 그를 걱정스럽게 바라보고 있었다. 나는 큰마음을 먹고 본인에게 물어보기로 했다.

"선생님은 앞으로 어떻게 지내고 싶으세요? 병의 회복이 어렵다면 어쩌실 건가요? 위험에 닥친다면 구급차를 부르고 싶으세요?"

고개를 끄덕이며 내 질문을 듣던 치과의사는 이렇게 힘을 담아 말했다.

"내가 지금 위중한 상태라는 점, 그리고 치료법이 없다는 점도 잘 알고 있어요. 하지만 말이죠. 마지막까지, 마지막의 마지막까지 나는 치과의사로 남아 있고 싶어요. 이 진료실에서 쓰러질 수만 있다면 더 큰 소원이 없습니다."

이것이 60여 년 살아온 끝에 그가 도착한 '답'이었다.

이미 죽음은 각오하고 있다. 하지만 만약 여기서 치과의사를 그만두면 그 끝에 자신의 '레종 데트르', 즉 존재 의의는 도대체 어디에 있을까. 그는 그렇게 나에게 말한 것이었다.

그 희망을 이해하긴 했지만, 나는 다시 물었다.

"선생님이 계속해서 치과의사 일을 하시려면 여동생분, 직원분들, 그리고 이건 조금 이상한 말일지도 모르지만 환자분들의 협력이 필요한 건 알고 계시죠?"

그러자 그는 담담히 답했다.

"동생은 뭐, 제 마음을 알아줄 겁니다. 직원들도 이미 오랜 기간 알고 지낸 사람들이니 분명 이해해줄 테고요. 환자분들도 예부터 함께했던 사람들로, 이미 예약한 상태라고 해도 제가 '오늘은 몸 상태가 별로네요. 죄송합니다'라고 말하면 웃으면서 귀가하는 사람들뿐입니다.

환자분들도 저도 다 함께 나이를 먹었습니다. 저도 더 젊었을 때는 주로 치아를 깎는 치료를 했습니다. 하지만 지금은 환자분의 의치를 빼서 기공실에서 공작한 뒤 환자분의 입에 되돌리는 치료가 중심이니까, 장시간 몸을 앞으로 기울인 자세를 취하지 않아도 돼요."

그는 지금도 환자와 관계자의 이해에 어리광을 부리

는 형태로 치과의사를 계속하고 있다. 그 모습을 바로 옆에서 바라보며 나는 생각했다.

사람은 가령 80년, 90년을 살 수 있다고 해도, 거기에 레종 데트르, 즉 존재 의의가 없다면 의미가 없다. 그래서는 진정으로 살아 있다고 말할 수 없을지도 모른다.

나아가 더 직접적인 말투로 말하자면, 아무것도 없더라도 존재 의의만 있으면 사람은 살아갈 수 있을지 모른다.

'치과의사로서 최후를 맞이하고 싶다'는 그의 마음.

있는 그대로의 자기로 살아가는 것, 자기라는 존재인 채 자기 삶을 불태우는 것. 이것은 스스로의 존재 의의를 계속해서 물었던 그가 목숨을 걸고 찾아낸 인생의 해답이다.

그런 절실한 마음으로 찾아낸 해답은 사람을 한두 걸음 긍정적으로 만든다.

주변에 조금 폐를 끼친다고 해도, "그런 것 따위, 내 알 바 아니다"라고 배짱을 부려도 좋을지 모른다.

아니, 가능한 일이라면 그처럼 시간을 들여 주변의 이해를 얻는 그런 관계성을 쌓아두는 것이 더욱 좋을지도 모른다.

언젠가 누구에게나 찾아오는 '늙음'과 '병'.

그런 가운데 나 자신은 '마지막 순간까지 방문 의사를 계속하고 싶다'라고 제멋대로의 마음을 말하게 될까. 산소 흡입을 하면서 환자 곁을 찾는 날이 올 것인가. 방문한 환자의 집에서 "오늘은 제가 환자분보다 훨씬 상태가 나쁘네요"라고 불평을 터뜨리며 환자의 가슴에 청진기를 가져다 대고 있지는 않을까…….

그런 내 모습을 상상하니 웃음이 터지려고 한다.

그리고 그런 제멋대로의 마음도 나쁘지 않을지 모른다고 생각하게 된다.

남의 눈치를
보지 않는다

정년 후의 시간은
출세도, 사회적인 평가도,
속박과도 무관한 '청춘'의 시대.
다른 사람의 눈치를 볼 필요가 없는 자유를 날개 삼아
스스로의 탐구심을 꽃피운다.
모험을 떠나도 좋지 않은가.

전 연구소 간부가
80세에 몰두한 '진짜 연구'

내 고향 쓰쿠바시는 '쓰쿠바 연구학원도시'를 표방한다. 쓰쿠바대학이 설립된 1970년대 이후 많은 연구기관이 유치되었고, 지금은 대략 2만 명이나 되는 연구자가 이 지역에서 생활하고 있다.

그리고 그런 연구들도 모두 빠짐없이, 다른 사람과 아무 차이 없이 나이를 먹고, 이윽고 병에 걸리고 죽어간다.

내가 방문 진료를 하는 환자 중에 83세의 남성이 있다.

말기 암 환자지만 아직 건강한 그 사람은 과거 국가의 건축·토목계 연구기관의 간부를 역임했다. 그 세계에서는 유력한 연구자 중 한 명이라고 한다.

그는 수년 전 기누가와강에서 재해가 발생한 것을 계기로 갑작스레 연구 생활을 재개했다. 행정기관이 숨기던 사실을 해명하여 과학잡지에 투고했고, 2년 전에 실행된 치수 정책 전환의 계기를 만들었다.

기누가와강 홍수 때 제방이 붕괴했고 많은 사람이 떠내려갔다. 집이 침수되고 생활이 불가능해진 사람들이 속출했다. 그는 수해 피해자들의 청을 받아 그들을 구제하기 위한 재판을 이끌었다. 재판부는 국가가 책임을 일부 인정하고 수해 피해자에게 배상금을 지불하도록 했다. 수해 판결에서 국가가 책임을 지는 일은 거의 없다고 한다.

"현역 시절 동료들을 찾아 사정을 파악하고 내용을 정리했습니다. 모두 협력적이었고, 점차 그 실태가 떠오르기 시작했어요. 공표된 자료와 간부의 수기 등으로 자료를 뒷받침하다 보니 국가의 책임이라는 점이 여실히 드러났습니다. 현재 제가 어디 소속되지 않은 상태니까 가능한 일이었죠. 현역 시절이라면 이런 일은 도저히 할 수 없었을 겁니다."

가족은 그를 그다지 말리지 않았다고 한다. 연구자로서 금지도 있었던 듯하지만, 그는 알지 못하는 세계가 보이는 즐거움을 느꼈다고 한다. 퇴직 후 시간이 흘러 다양한 속박이 사라진 지금, 순수한 연구자의 눈으로 보면 국가의 책임임이 명백해질 것이라고 생각했으리라.

법원이 국가의 책임을 인정하는 획기적인 판결을 내린 것에 대해 그는 말했다.

"수해가 일어난 경위를 조사한 제 눈에는, 국가 책임을 인정한 판결은 법리에 따른 지극히도 당연한 결론으로 보입니다. 법원에 아직 양심적인 판사가 있다는 사실을 알고 안심했습니다."

현재는 산책이나 낮잠, 온천욕에 대부분의 시간을 쓰며 순조롭게 늙어가는 그의 심경을 물어봤다.

"현역 시절의 저는 연구에는 열심이었지만, 과연 현

장에는 어느 정도 반영이 되었을까요. 아직 수해가 없어지지 않은 것을 보면 어쩐지 공허한 기분이 들 때도 있습니다. 하지만 최근 수년간의 연구 생활은 좋았어요. 해방되어 자유로운 경지에서 옛 행정기관의 진짜 모습을 느낄 기회를 얻은 것은 큰 수확입니다. 제가 스스로 느낄 수 있는 '진짜 연구'를 해냈다는 성취감도 있고요.

이전의 저는 단순한 인간이었습니다. 지금은 해산물 덮밥에 고추냉이를 넣은 것과 같지요.

이제는 군사비 확대의 뒷배경에 무엇이 있는지, 앞으로는 어떻게 될 것인지 저 나름대로 탐구해보려고 합니다."

'신인 임상의'로서
느긋하게 지내는 전 교수

내가 나온 의학부의 교수들도 똑같이 나이를 먹으며, 그중에는 내 환자가 된 사람도 있다.

"선생님, 오랜만에 뵙습니다."

얼마 전, 오랜 기간 생화학을 연구한 전 교수를 방문했다. 지금은 유유자적한 생활을 보내고 있지 않을까 생각했는데, 어느 노인 병원에서 일하고 있다는 얘기를 듣고 놀랐다.

"그게 말이야. 나는 의사 면허는 가지고 있었지만 임상 경험은 거의 없었거든. 시험관 안의 세계밖에 몰랐지. 감기에 걸린 환자 한 명 진료한 적이 없어."

이렇게 말하며 자조적으로 웃던 그는 정년퇴직 후 지역의 의사 부족 현상을 해소하는 데 '미력하나마 공헌하고 싶다'라고 생각했다고 한다.

"그런 나라도 도움이 되는 일이 있지 않을까 생각했지. 그래서 근처 노인 병원에 취직했어. 물론 임상 경험은 없으니까 한 명 몫도 못 하는 인턴 같은 입장이긴 하지만, 이 나이와 풍모 덕에 환자들은 누구나 엄청난 베테랑 의사라고 생각해. 그래, 나는 지금 명의 취급을 받고 있지."

명의 취급을 받는다고 해서 딱히 곤란해 보이지는 않았다. 오히려 기뻐서 어쩔 줄 모르는 것처럼 만면에 미소를 띠고 있었다. 이 전 교수도 정년 후의 인생을 느긋하게 지내고 있다고 느껴졌다.

처음 느끼는 진짜 자유

생각해보면 우리 중 많은 수는 항상 미래를 생각하며 시간을 사용한다.

어렸을 때, 사실은 공예를 배워보고 싶다거나 진지하게 음악을 하고 싶다고 생각했더라도 학교 성적과 직결되는 학원에 다니거나 입시에 유리한 영어 회화를 배우거나 했다. 성인이 되어 일을 시작한 후에도 출세나 경력에 도움이 되는 자격증 공부를 우선했다. 그것도 전부 미래를 보고 손익을 판단해서 생활이 안정되게끔, 그리고 가족을 부양하기 위해 수입이 조금이라도 오르기를 줄곧 생각하며 행동한 것이다.

하지만 내 환자인 전 교수도, 앞서 말한 연구자도 그야말로 그런 얽매임이 더는 없다.

정년을 맞이하여 속박하던 것도 없어졌고, 무엇보다 그들에게는 '미래'가 없다. 그렇기에 그들은 진정한 의미에서 자유다.

그들은 자신의 '끝'이 그리 멀지 않았다는 사실을 자각한다. 남겨진 시간이 유한하다는 사실을 이해한다. 미래가 없는 상황에 놓임으로써 어떤 의미에서는 사회에서 해방되어 처음으로 자기 마음이 가는 대로, 즉 제멋대로 하고 싶은 것을 할 수 있는 자유를 얻었다.

몸은 이미 만신창이라고 해도, 훗날을 생각하지 않아도 되는 인간의 마음은 한없이 강하다. 자유라는 날개가 있으면 지금까지 보지 못했던 새로운 세계를 몇 살부터든 볼 수 있다.

틀을 깨는
유연함

인생의 막이 내리는 순간까지
사람은 어떤 상황에 놓이더라도
눈앞의 것을 통해 배움을 얻는다.
틀에 자신을 끼워 맞추는 것은 간단하다.
나이가 들었으니 그 틀에서 벗어나
자신을 넓히며 살아가라.

'색칠놀이'에
도전한 화백

지금부터 9년 정도 전의 일이다.

90대를 맞이한 K씨를 왕진했다. K씨는 잔위암에서 암성 복막염이 일어난 상태였고, 자택에서의 완화 치료를 희망했다.

처음으로 그의 집을 방문한 날, 나를 자신의 방에서 맞이한 K씨는 이부자리 위에 책상다리로 앉더니 "그림을 그릴 힘을 잃어버리고 말았어요"라고 말하며 가만히 눈을 감았다.

K씨는 일본화의 대가다.

눈이 많이 내리는 호쿠리쿠 지방의 산간 마을에서 태어난 K씨는 소년 시절 인근의 절에 다니면서 그곳에 있는 병풍화 등을 모방했다. 어린 소년은 눈동냥으로 배워 훌륭한 불교 그림을 그렸다. 그것을 본 절의 주지는 "이 아이의 재능은 남다르다"라며 혀를 내둘렀다고 한다. 이윽고 그 평판은 교토까지 전해졌고, 비단 염색 화가가 산간 마을을 찾아왔다. 그리고는 "꼭 제 자로 들이고 싶다"라며 K씨를 데리고 갔다.

K씨는 비단 도안 장인의 수습생이 되어 실력을 쌓았고 화가의 솜씨를 갈고닦았다. 제2차 세계대전 이후 도쿄로 옮긴 이후에는 염색 화가로서 활동을 계속하면서 염색 기술을 발전시킨 독자적인 화법 '아야에(あや絵)'를 완성시켰다.

아야에란 염색한 사가산 비단의 옷감을 재단하고 패널에 붙여 회화로 만든 것으로, 조명이나 보는 각도에 따라 느낌이 달라지는 독특한 입체감을 가진다. 실제로 작품을 몇 점 구경했는데, 기백 안에 상냥함이 감도는 훌륭한 작품이었다.

왕진을 시작했을 무렵, 진료 후에 "다시 그림을 그려 보시는 건 어떤가요?"라고 외람되지만 60색 색연필을 건넨 적이 있다. 하지만 K씨는 "기력이 없어서 말이에요……"라고 한마디 중얼거리고는 뒹굴, 옆으로 돌아 누워버렸다.

얼마 지나지 않아 K씨는 가족의 권유에 따라 고령자 대상 데이케어 센터에 다니기 시작했다. 그 후의 방문 진료에서 "데이케어 센터에는 익숙해지셨나요?"라고 묻자, "뭐, 조금은요. 수행이라고 생각하고 다니고 있어요"라고 살짝 웃어 보였다. 역시 괴로운 것일까 생각했다.

남성의 경우, 데이케어 센터에 익숙해지지 못하는 사람이 적지 않다. 이용자가 다 같이 모여 동요를 부르거나 줄을 지어 체조를 하는 등 센터에서 행하는 레크리에이션을 아무래도 아이 취급을 받는 것처럼 느끼고 마는 것이다.

"데이케어 센터에서는 어떤 레크리에이션을 하고 계세요?"라고 거듭 묻자, K씨는 조금 곤란한 듯 미간을 찌푸리더니 살짝 고개를 저었다.

"90세가 넘어서 태어나 처음으로 '색칠놀이'를 하고

있어요."

데이케어 센터에서는 그가 일본화의 대가라는 사실을 알고 있을까. 그야 당연히 알고 있으리라. 국내외에서 개인전을 개최하고 높은 평가를 받아온 화가에게 이제 와서 색칠놀이를 시키다니. 배려가 너무 부족한 일이다.

"다른 레크리에이션을 해달라고 제가 센터에 말해볼게요."

내 제안을 듣더니 K씨는 미소를 보이며 강하게 고개를 저었다.

"아니에요. 나는 수행이라고 생각해서 하고 있으니, 부디 그러지 마세요."

'교과서'에 사로잡혀 있지는 않은가?

다음 왕진 때 K씨는 센터에서 그린 '색칠놀이'를 보여줬다. 하지만 그것은 '색칠놀이'라는 이름의 훌륭한 예술 작품이었다. 멍하니 바라보던 나를 향해 그가 기쁜 듯 말했다.

"색칠놀이의 비법을 알게 되었거든요. 보통은 틀 안쪽만 색칠하죠. 하지만 저만의 해석으로 틀을 넘겨서 색칠했더니 즐거워지기 시작했어요."

분명 그가 보여준 색칠놀이 그림, 아니 색칠놀이 작품은 미묘하게 틀을 넘어서서 색이 칠해져 있었다. 그러데이션이 제대로 표현되었고 신기하며 독특한 세계관이 보였다. 작품에 홀려 있던 나에게 K씨는 유쾌한 듯 이렇게 말을 이었다.

"히라노 씨도 말이에요. 가끔은 의학 교과서의 틀을 넘어서지 않으면 안 돼요. 교과서에 사로잡혀 있으면 환자가 구원받지 못할 때도 있으니까요."

평범하게 생각하면 "화백이라고 불리던 내가 이유야 뭐가 되었든 이 나이에 색칠놀이라니!"라고 화를 내거나, 그렇게까지는 하지 않더라도 한탄하며 위축되는 것이 이상하지 않은 일이었다. 실제로 내가 왕진을 시작했을 무렵의 K씨는 "기력이 없다"라고 말했기 때문이다.

하지만 그는 자신에게 주어진 '색칠놀이'를 받아들이고 소화했으며 자력으로 차원이 다른 작품으로 승화시켜버렸다.

강고한 노인이 될 것인지,
유연한 노인이 될 것인지

K씨의 삶에서 사람은 언제가 되든 어떤 환경에 처하든 눈앞의 일에서 배울 수 있다는 사실을 알게 되었다.

새로운 시점을 얻고 그때까지와는 완전히 다른 즐거움을 찾아낼 수도 있다.

고령자란 그저 완고해지기 쉽다고만 생각했는데, 80세가 되었을 때 나도 그처럼 올바른 유연함을 가지고 싶다고 생각하게 되었다.

그 후 K씨는 몸 상태가 좋을 때는 물론, 그렇지 않을 때도 "가족에게는 가능한 한 걱정을 끼치고 싶지 않다"며 계속 기운 넘치게 행동했다. 그리고 이후 다시 한번 내게 작품을 보여주며 나지막이 말을 꺼냈다.

"제가 죽어서 들어갈 절에 말이죠. 극락정토의 그림을 그려서 기부해뒀어요. 병명을 듣고 난 후부터 더는 시간이 없다고 생각하고 그림을 그리기 시작했거든요. 그것도 완성했으니, 이제 더는 마음의 짐이 없어요."

부드러운 미소를 보이며 했던 말대로 K씨는 그로부터 얼마 되지 않아 92세로 온화하게 그의 천수를 다했다.

"틀을 넘어서지 않으면 안 돼요."

일본화의 대가다운, 정말로 마음을 울리는 말을 유언으로 남긴 채였다.

그 이후, 나는 지금도 내가 하는 일이나 의료의 틀을 생각한다.

비상식적이라고 비난받더라도, 어딘가의 대단한 의사가 눈썹을 찌푸리더라도, 인생의 종반에 들어선 환자가 삶을 완전히 불태우는 순간을 위해 돕는다. 그런 제멋대로인 종말 의료를 행하는 방문 진료 의사가 일본 한구석에 한 명 정도는 있어도 좋은 것 아닐까.

늘그막의 사랑,
두려울 게 없다

자신 안의 정열이
어느 날 갑자기 피어나기 시작할 때가 있다.
그것은 젊은 사람에게만 허락된 일은 아니다.
언제든 사랑은 사람을 '생생하게' 물들인다.
누군가에 대한 마음을 맛보고 발산한다.
목숨이 있는 한 연심은 계속해서 태어나는 듯하다.

사랑은 마약

"얼른 죽음이 찾아오지는 않을까."

입버릇처럼 그렇게 반복하던 여성이 있었다.

그녀는 82세의 아야 씨다.

맞벌이하는 딸 부부와 같이 살고 있었기에 낮에는 집에서 혼자 시간을 보내는 일이 많았지만, 가족 관계에는 딱히 문제가 없었다.

남편을 간호하던 무렵의 아야 씨는 무척이나 다부진 여성이었다. 하지만 5년 전 오랜 기간을 함께했던 남편이 먼저 세상을 뜨자 그녀의 기력은 순식간에 사라져버렸다. 우울해지는 일이 늘었고 온종일 혼자 바닥에 누워 지내는 시간이 길어졌다. 인지 기능 저하가 의심되는 일도 있었다.

그를 걱정한 딸 부부는 케어 매니저와 상담한 후 모친을 데이케어 센터에 다니게 했다. 아야 씨는 처음에 그 제안을 강하게 거부했지만, 딸이 어떻게든 다니게 하는 동안 점차 입욕 간호 등에도 관심을 보이며 적응하는 모습을 보였다.

그래도 역시 주변 사람에게 관심을 표하는 일은 많지 않았고, 센터에서의 대화를 즐기는 모습도 없었다. 외모를 단장하지도 않았고, 고개를 숙인 채 지내는 일도 많았다.

그리고 버릇처럼 "얼른 죽음이 찾아오지는 않을까" 하고 말했다. 그 모습은 마치 세상을 등져버린 사람처럼 보였다.

하지만 어느 날을 기점으로 아야 씨의 모습에 변화가 보이기 시작했다.

데이케어 센터 직원과 대화하는 일이 점차 늘어났고, 스스로 밝은 옷을 골라 입었으며, 푸석푸석했던 머리카락을 단정하게 빗질했다. 그렇게까지 기력 없이 지내던 것이 마치 거짓이었던 것처럼 미소가 늘어나고 눈도 다시 반짝거렸다. 치매 의심 증상도 전혀 보이지 않았다. 물론 처방은 전혀 달라지지 않은 채였다.

계속해서 자기 껍질을 닫고 있던 그녀에게 도대체 무슨 일이 벌어진 것일까.

어느 맑은 겨울날, 점심 식사가 끝나고 슬슬 잠이 쏟아지는 오후에 한 직원이 깨달았다.

창가에 휠체어가 두 개 놓여 있었다. 그중 하나에는 아야 씨가, 또 다른 하나에는 3개월 전부터 데이케어 센터를 이용하기 시작한, 그녀와 동세대 남성인 시게루 씨가 앉아 있었다.

따뜻한 햇볕 속 겉잠에 든 시게루 씨를 가만히 바라보는 아야 씨. 이윽고 시게루 씨가 눈을 뜨자 둘은 온화한 말투로 대화하기 시작했다. 시게루 씨의 말에 아야 씨는 미소를 짓고, 때때로 손뼉을 쳤다.

소녀처럼 수줍어하는 그 모습에 직원이 '그런 거였구나!'라고 깨달은 듯하다.

하지만 여기서 직원이 쓸데없는 행동을 하고 말았다. "두 분, 친구가 되셨나요?"라고 말을 걸었던 것이다. 그 말에 볼을 물들인 두 명은 허둥지둥 각자 원래 위치로 돌아가버렸다.

　직원의 불필요한 한마디로 불편한 공기가 흐른 이후, 데이케어 센터에서 둘이 함께 시간을 보내는 모습은 점차 보기가 어려워졌다. 아야 씨는 데이케어 센터를 계속해서 이용했지만 다시 이전처럼 기운을 잃고 말았다.

　그걸 보다 못한 직원이 둘의 휠체어를 나란히 놓고 "친구가 되어 이야기를 나눠보시는 게 어때요?"라고 새삼 권하자, 시게루 씨가 무거운 입을 열었다.

　"우리는 소꿉친구예요. 같은 마을에서 태어났어요."

　제2차 세계대전 이전의 일본. '남녀칠세부동석'이 당연했던 시대다. 둘이서 대화하거나 나란히 걷는 등의 행동은 도저히 바랄 수 없는 세상이었다.

　"하고 때도 서로 거리를 두고 걸었습니다"라고 시게루 씨는 과거를 회상했다.

　그가 처음으로 데이케어 센터에 온 날, 아야 씨는 "그 사람임이 분명하다고 확신했습니다"라고 말했다.

그리고 그 순간 그녀는 달라졌던 것이다.

　아야 씨의 변화를 직접 보고 난 다음, 나는 사랑만큼 강력한 마약은 없을지도 모른다는 것을 통감했다. 연심을 품을 수 있는 상대가 나타난 것만으로 사람은 그야말로 다른 사람으로 바뀌고 살아갈 기력을 찾을 수 있다.

　계속 같이 있고 싶다, 앞으로 몇 년이든 같이 살고 싶다. 그런 마음이 젊은 세대가 하는 본래 '연애'의 의미이리라.

　하지만 미래가 없는 시간을 살기에 더더욱 심신에 크게 작용하는 마약 같은 사랑도 있다.

　과거, 시인 가와다 준(川田順)이 읊은 것처럼 '늘그막의 사랑'에는 무서운 것 따위 전혀 없을지도 모른다(1948년 68세였던 시인 가와다 준이 제자와 사랑에 빠져 '무덤에 갈 날이 머지않은 늙은이, 사랑은 두려워할 것 없다'라고 읊은 시에서 나온 말이다-옮긴이).

사랑으로 넘치는 70대
'쓰쿠바의 이탈리아 남자'

　여명 선고를 받은 상태에서도 여성을 바꿔가며 사귄 남성 환자가 있었다.

　70대 N씨. 기혼자였음에도 그의 전대미문의 삶에 모든 애정이 떨어진 아내는 그와 더는 같이 살지 않았고, 말기 암을 진단받은 N씨가 여명 선고를 받은 후에도 병원에 문병을 오기는커녕 신병 인수도 거절했다.

　그랬기에 N씨는 시내의 연립주택에 입주했다. 그 나이에 어째 부동산을 잘도 빌렸구나 싶었는데, 알고 보니 아들이 아는 부동산 중개업소를 통해 부탁해주었다고 했다.

　나는 그 아들의 의뢰로 N씨의 연립주택에 방문 진료를 다니게 되었다.

　그로부터 몇 주 후의 일이다. 몇 번째 왕진이었는지, 연립주택의 방문을 열자 60대로 보이는 처음 보는 여성이 부엌에 서 있었다.

　'응? 아내일 리는 없고……. 새로 온 간병인인가?'

궁금하게 생각한 내가 가만히 텔레비전을 보던 N씨에게 묻자, 그는 나를 보지도 않고 "여자친구야"라고 답하며 웃었다. 그의 말에 그 여성이 볼을 붉힌 채 가만히 고개를 끄덕이는 모습을 보자, 아무래도 그 말은 진짜인 듯했다.

이후 진짜 간병인에게 물어보자 N씨가 연립주택에 입주하고 며칠 지난 뒤에 그 여성이 나타났다고 했다.

"몸 상태가 좋을 때는 그 여성분이 운전하고 근처 쇼핑몰이나 찻집에 가서 데이트를 하는 듯해요. 손을 잡고 걷는 모습도 본 적 있어요."

70대 말기 암 환자가 데이트를 하면 안 된다는 법은 없다. 하지만 어째서 그에게 연심을 품게 되었을까. 여성에게 구애한 N씨도 N씨지만, 그 구애에 넘어간 여성도 여성이라고 쓸데없는 생각마저 했다.

그리고 실제로 어째선지 N씨는 여성에게 무척이나 인기가 있었다.

시한부를 살지만
사랑은 언제나

　어느 날 오후의 일이다. 왕진이 바빠서 점심 식사를 하지 못한 나는 도로변의 패밀리레스토랑에 들렀다.

　테이블에 앉아서 메뉴판을 손에 들고 먹고 싶은 요리를 골랐다. 그러고 나서 고개를 들었는데, 안쪽 테이블에 익숙한 얼굴이 보였다. N씨였다.

　큰 병을 앓고 있는 것치고는 안색이 나쁘지 않았다. 그리고 바로 앞에 여성의 뒷모습이 보였다. 그는 아직 나를 알아채지 못했고, 차를 마시면서 여성과 즐겁게 담소를 나눴다.

　'여자친구랑 데이트 중인가 보네.'

　그렇게 생각하며 힐끔힐끔 보게 되었는데, 여성이 화장실에 가고자 몸을 일으켰다. 그 얼굴을 본 나는 '어라?' 하고 생각했다. 저번에 연립주택에서 본 여성과 다른 사람이었기 때문이다.

　내 존재를 깨달은 N씨는 다른 여성과 함께 있는 모습을 들켜서 마음이 불편해졌는지 곧장 가게를 나가 버렸다. 나에게서 얼굴을 가린 채로 말이다.

이윽고 N씨의 몸 상태가 점차 하강 곡선을 그렸다. 나는 그의 아들과 상담하며 호스피스를 주목적으로 하는 양로원을 소개했다. N씨는 그곳에 입주하게 되었다.

시설에 들어간 후에도 매일 여성들이 그를 방문했다. 때로는 진료하러 방문한 나와 마주치기도 했는데, 주로 패밀리레스토랑에서 본 여성 아니면 부엌에서 일하던 여성 중 어느 한쪽이었다. '주로'라고 말한 건 때때로 처음 보는 얼굴도 섞여 있었기 때문이다.

또 이런 일도 있었다.

고령자 시설 특집을 꾸민다는 주간지의 의뢰를 받고 나는 N씨도 입주해 있는 양로원을 소개했다. 취재를 위해 나이 많은 기자와 젊은 여성 편집자 두 명이 찾아왔다.

어느 정도 취재가 끝나고 담화실에 놓여 있던 짐을 정리하는데, 그곳에 N씨가 나타났다.

"아까는 감사했습니다."

여성 편집자가 그에게 고개를 숙였다. N씨도 그들과

인터뷰를 한 듯했다. 그러자 N씨가 천천히 그녀에게 종이쪽지를 넘기는 모습이 보였다.

"무엇을 건넨 건가요?"

그 장면을 보고 있던 내가 곧장 끼어들자 N씨는 "아무것도 아니야" 하며 웃었지만, 그 종이에는 N씨의 휴대전화 번호가 적혀 있었다.

"또다시 여자를 꼬시는 건가요?"

질린 내가 그렇게 쓸데없는 참견을 하자 N씨는 "꼬신 거 아니야"라고 말하며 입을 뾰로통하게 내밀었다.

"추가로 더 물어보고 싶은 게 있다면 언제든지 전화하라는 의미야……."

그런 N씨의 말에 여성 편집자는 황송해했다. 그러자 N씨는 곧장 이렇게 말을 내뱉었다.

"이바라키현은 소바가 맛있어. 다음에는 제철 소바가 나오는 계절, 그래, 가을에 다시 찾아와. 소바라도 먹으면서 오늘의 뒷이야기를 나누지."

인기남의 진면목을 구경한 기분이었다. 종종 이탈리아 남성은 인사 대신에 여성에게 '플러팅'을 날린다고 들었는데, N씨가 그야말로 이바라키 태생의 이탈리아 남자라고 느껴졌다.

핵가족화가 진행되는 현대 일본에서는 독거노인의 수도 비약적으로 늘고 있다.

나는 병원이 아니라 자택을 비롯한 자신이 좋아하는 곳에서 최후를 맞이하자고 주장하지만, 그러고 싶어도 그러지 못하는 사람이 많다. 간병해줄 사람이 없다면 자택에서의 최후는 그대로 아픔만 있는 고독사가 되어버릴 가능성도 결코 적지 않기 때문이다.

방문 진료 의사인 나는 그런 고독한 말기 환자에게 N씨에게 그런 것처럼 마지막까지 돌봐주고 마지막 시기에 호스피스 간병을 해줄 시설을 소개한다.

한편 최근에는 가족 외의 인간이 말기 환자 옆에 등장하는 경우도 적지 않다.

이른바 내연 관계인 상대다.

이런 유의 사례를 소개하면 "그건 그 고령자가 돈이 많기 때문 아닌가요? 재산을 노린 사람이겠죠"라는 날카로운 반응이 나오고는 한다.

분명 그럴 가능성도 전혀 없지는 않다. 하지만 바로 옆에서 봐온 나로서는 많은 경우가 그렇지 않다고 단언할 수 있다. 돈도 지위도 없는 사람에게 갑자기 내연 관계의 상대가 나타나는 것이다. 내가 담당하는 환자 중에도 돌봐주는 여성이 있는 남성 환자가 상당수 있다.

N씨는 개미 눈곱만큼의 연금과 아들의 원조가 다소 있을 뿐, 재산다운 재산은 거의 없었다. 개중에는 진료비나 간호비도 채 내지 못할 정도로, 세간에서 보면 이른바 빈털터리인 남성도 있었다. 빈 맥주 캔이나 빈 소주병 사이에서 줄곧 누워 지내는 망나니 같은 할아버지도 혼인 관계가 아닌 여성이 그 마지막을 돌봤다.

어째서 그들이 여성을 홀릴 수 있는지는 전혀 알 수 없지만, 독거노인이 이렇게나 많이 늘어난 일본에서 그들, 그녀들의 존재는 복음이 될지도 모른다.

화장터에 온
'여자친구들'

인생의 종반까지 그 이름을 떨쳤던 N씨에게도 마지막 순간은 찾아왔다.

내가 방문 진료를 시작하고 나서 8년 후, 양로원에 입주한 후부터는 6년 후 N씨는 돌아올 수 없는 사람이 되었다. 8개월이라는 여명 선고를 훨씬 뛰어넘어 기적처럼 몇 년이나 살아남은 후에 맞은 마지막이었다.

아무리 그래도 그 순간에는 N씨의 '여자친구'들이 양로원에 오지 않았다. 하지만 다음 주, 그의 유체를 화장하는 화장터에 그 모습을 나타냈다고 시설 직원이 일러줬다.

"저희도 물론 슬펐어요. 그래도 어디까지나 사무적으로 진행했죠. 그것은 가족인 그의 아들도 마찬가지였어요. 그런데 화장터에 찾아와서 엉엉 우는 여성이 있었어요. '혹시?' 하는 생각이 들어서 물어봤더니 역시 N씨의 여자친구더라고요.

아들의 허락을 받아 '부디 가까이 오세요'라고 말했어요. 그때 기둥 뒤편에도 훌쩍거리는 여성이 한 명 보이더라고요. 혹시나 해서 물었더니 그녀도 N씨와 친분이 있었다고 했어요.

결국 그 두 명의 여성이 메인이 되어 N씨의 유골 줍는 의식을 진행하게 되었어요."

사회의 상식에 비춰 볼 때 이 여성들은 내연 상대다. 결코 누구에게도 칭찬받지 못할 관계일지 모른다. 그런데도 마지막 순간까지 그를 간병함은 물론, 그의 유골까지 주워줬다. 그런 사람이 두 명이나 되다니, 나조차도 조금은 부럽게 느껴지는 N씨의 마지막이었다.

혼인 관계나 혈연관계를 넘어선 새로운 죽음의 방법을 그는 나에게 보여줬다. 비상식적이기는 하지만 나도 모르게 "훌륭하다!"라고 말하고 싶어지는 마지막 순간이었다.

배웅하는 사람을
행복하게 만든다

인생에 실패하더라도,
주변에 손가락질당해도,
비참한 마음을 품었다고 해도,
마지막 순간에 인생은 역전될 수 있다.
'후회가 없으면 모든 것은 좋다.'
배웅하는 사람들도 '후회 없이 여행을 떠났으면 좋겠다'라고
마음속 어딘가에서 그렇게 바라고 있다.

전대미문의 삶에 대한
배웅하는 사람의 감탄

N씨의 장례 후 그에 관여했던 직원들과 만났을 때 모두 함께 이런 이야기를 나눴다.

"N씨, 마지막까지 즐거워 보였죠."
"이 고독한 시대에 어떤 의미에서는 N씨가 돌아가신 방법이 이상적일지도 모르겠네요."

훌륭하다고 생각한 것은 나뿐만이 아닌 듯했다. 많은 호스피스 간병을 경험한 이 길의 프로들이기에 다들 N씨의 마지막 순간을 긍정적으로 받아들였다.

받아들이는 측이 허용할 수만 있다면 제멋대로 살고 죽는 것은 어딘가 상쾌함마저 느껴진다. 물론 하나하나의 행동에 대해서는 눈살을 찌푸리게 되더라도 말이다.

여성 두 명이 유골을 집는 것은 조금 비상식적일지도 모른다. 하지만 관여한 사람들이 웃는 얼굴로 배웅하는 여행을 떠난 것처럼, 삶의 방식은 죽음의 방식에 나타나고, 죽음의 방식이란 삶의 방식과도 같다는 마음이 든다.

'적절히 내 마음대로'와 '막무가내 내 마음대로'

여러 인생의 마지막 모퉁이를 지키다 보면 온갖 '내 마음대로'가 있다는 생각이 든다. 이 책에 소개하고 있는 내 환자들의 '내 마음대로'도 사람에 따라서는 도저히 받아들이기 어려운 것으로 느낄지도 모른다.

그렇지만 나는 본인이 '이렇게 하고 싶다'라고 생각하는 것은 이뤄줘야 하며, 인생의 마지막 정도는 제멋대로 굴어도 된다고 생각한다. 그리고 그런 마음은 해가 갈수록 강해지기만 한다.

이 책의 일본어 원제는 '70대부터의 올바른 제멋대로'다. 내가 생각하는 '올바른 제멋대로'란 그저 막무가내로 누군가에게 일방적으로 폐를 끼치거나 누군가를 공격하거나 궁지에 몰아넣는 것이 아니다.

'올바른 제멋대로'란 다시 말해 '고잉 마이웨이(going my way)'의 제멋대로다.

누군가의 의견에 휩쓸리거나, 자신이 아니라 타인의 시선을 신경 쓰는 데서 태어나는 제멋대로는 '올바르지 않은 제멋대로'다.

출발점이 자기 자신인 제멋대로야말로 올바른 제멋대로다.

자신이 하고 싶은 것은 무엇인가.

자신은 어떻게 지내고 싶은가.

인생의 마지막 모퉁이에서는 그렇게 '자신'을 철저하게 관철해야만 한다.

앞서 N씨가 관철한 '여성을 좋아하니 여성과 가슴 뛰는 시간을 보내고 싶다'라는 제멋대로 또한 내가 볼 때 올바른 제멋대로다. 그의 본성을 관철한, 그야말로 고잉 마이웨이인 제멋대로다.

애초에 돌발적인 사고나 급병으로 목숨을 잃는 것이 아니라 '마지막 순간을 어떻게 살아낼까'를 생각할 수 있다는 것은 행복한 일이다.

마지막 순간에 제멋대로 마음을 말하고, 그것을 이루기 위해 움직일 수 있는 그런 행복한 티켓을 받았다면 그것을 쓰지 않으면 안 된다.

'적절히 내 마음대로'는 주변도 행복하게 한다

"그 녀석, 참 본인 내키는 대로 행동했지."

"하고 싶은 걸 전부 다 하면서 살았어."

장례식 자리. 실의 속에서도 때때로 미소를 지으며 배웅하는 사람들이 그런 말을 꺼내는 여행. 그런 마지막 순간이 이상적인 순간 아닐까. 나도 그런 마지막이 더 좋다.

제멋대로 살아라, 마지막까지 자신을 관철하라, 이런 말을 들어도 '제멋대로=주변에 폐를 끼치는 일'이라고 여겨져서 그럴 수 없다고 생각하는 사람도 많다.

하지만 내가 매일 많은 환자를 배웅하며 느끼는 것은 '올바른 제멋대로'는 폐는커녕, 주변을 안심시키고 배웅하는 사람에게 납득감을 준다는 사실이다. 우리가 N씨의 마지막 순간에 느낀 것처럼 배웅하는 측이 행복을 느낄 때도 많다.

아이를 키운 경험이 있는 동료에게서 이런 말을 들은 적이 있다.

"혼이 나지 않으려고 부모나 선생님, 어른의 눈치를 보면서 착하게 행동하는 것보다 아이가 자기 하고 싶은 것을 마음껏 하는 모습을 볼 때 더 행복해요."

호스피스 간병도 비슷할지 모른다.

인생의 마지막 모퉁이에서도 아들이나 딸, 간병인에게 혼이 나지 않도록 행동하는 착실한 사람보다 제멋대로 자기가 하고 싶은 것을 하려고 하는 사람을 보면 이상하게 나 또한 행복한 마음이 든다.

　올바른 제멋대로는 자기를 위한 것만이 아니라 주변 사람을 위한 것이기도 하다.

남자친구에게
간병을 받다

혼인 관계도, 혈연관계도 뛰어넘는 인연이
인생의 마지막 시간을
채워주는 일이 있다.
자신의 '편안함'을
최우선시하는 제멋대로가 있어도 좋다.

문병을 오는
남자들의 특징

　최근 재택 요양 현장에는 배우자나 자식과 같은 가족이 존재하지 않는 경우가 적지 않다. 그리고 앞서 말한 N씨처럼 내연 상대가 나타나는 일이 무척 늘었다.

　혼인 관계나 혈연관계를 뛰어넘는 새로운 인연… 멀리 있는 친척보다 가까이 있으면서 마음을 터놓고 지내는 누군가라고 말하고 싶지만, 반드시 '가까운 거리'라고는 한정할 수 없는 듯하다. 최근 거리에 아랑곳하지 않고 바지런히 환자를 돌보러 다니는 내연남, 내연녀가 눈에 띄었다.

　80대 여성이 방문 진료를 받기 시작했다.

일가친척이 없고, 오랜 기간 홀로 살았다고 했다. 그러던 중에 자궁암이 발견되었고, 이미 말기였다.

방문 진료를 시작하고자 갖가지 계약서를 작성하는 단계에 한 남성이 나타났다. 듣자니 여성의 내연남이었다는데, 계약 등을 전부 그에게 맡겼다고 했다.

초진 날에도 그 남성에게서 "꼭 자리에 함께하고 싶다"라는 말을 들었고, 나는 환영했다. 앞으로 여성의 요양에 관한 대화를 나눌 키 퍼슨(key person)이 필요했기 때문이다. 나는 "저야말로 자리에 꼭 함께해주셨으면 합니다"라고 말했다.

보통 이런 경우가 있으면 정말로 '본남편'이 존재하는지 어떤지를 제대로 확인한다. 나중에 문제가 생기지 않도록 본인에게 묻는 것은 물론이고, 관계자의 정보도 모아 보는 것이다. 그랬더니 이 여성은 이 내연남에게 보살핌을 받는 것이 적당하다고 할까, 아무튼 이 남성 외에는 아무도 없다는 사실을 알게 되었다.

당일, 그는 자가용을 운전해서 그녀의 자택에 찾아왔다.

놀랍게도 그가 사는 곳은 도쿄의 다마 지구라고 했다. 그곳에서 먼 길을 마다하지 않고 대략 100킬로 거리를 이동해서 이바라키현까지 찾아온 것이었다. 두 명은 같은 직장의 옛 동료로, 사귄 지 거의 반세기에 이른다고 했다.

나는 여성의 향후 대책에 대해 말하는 도중 다음과 같이 질문했다.

"혹시 환자분의 용태가 나빠지면 이쪽에 머무르면서 돌봐주실 수 있나요?"

방문 진료 의사라고는 하지만 재택 요양 중인 환자에게 나나 간호사가 24시간 붙어 있을 수는 없기 때문이다. 그리고 대단한 일은 할 수 없더라도 의지할 수 있는 사람이 근처에 있으면 환자의 불안감을 줄일 수 있을 터였다.

하지만 이 내연남의 답은 "아니요"였다.

"그건 불가능합니다. 물론 옆에 있어주고 싶지만, 사실 저는 도쿄에 다른 가정이 있고 아내도 있습니다. 그래서 이곳에 머물 수는 없습니다."

남성은 머쓱해하며 답했다.

처음 나는 현장에서 그들과 같은 존재의 등장에 몸이 굳는 일이 적지 않았다.

증상이나 용태의 전망, 이후의 치료 내용 등 환자의 개인정보, 그것도 가장 민감한 부분을 공유해야 하는데, 그 상대가 법으로 인정받은 가족이 아니라는 사실이 조금, 아니 상당히 불편하게 생각되었던 것이다.

하지만 현실적인 문제로서 독거 환자를 보살펴줄 사람은 그 사람밖에 없다. 당면한 큰일을 위해서는 다른 일의 희생을 감수할 수밖에 없다. 그 같은 존재에게 그 역할을 받아들이게끔 하는 수밖에 없는 것이다.

그들은 내 예상 이상으로 간병 능력이 뛰어났다. 기술적인 면도 그렇지만, 환자의 마음을 지지해준다는 점에서는 당연히 간호사 등은 발끝에도 미치지 못하는 힘을 발휘했다.

환자에게는 간병 기술 같은 것은 둘째 문제이며, 애정이라는 강한 인연으로 엮인 상대가 가까이 있어주는 것만큼 마음 든든한 일은 없다. 그것이 호적상의 가족이든 내연 상대이든 말이다.

그리고 최근에 나는 그런 내연 관계의 간병인들에게서 흥미로운 공통점을 발견했다.

　　간병인이 내연남인 경우, 앞선 다마 지구에 사는 남성처럼 상당히 먼 거리를 이동하여 여성의 자택에 다니는 경우가 꽤 많은 것이다.

　　"아무리 그래도 너무 멀지 않나요?"

　　나는 그나, 다른 간병인에게도 비슷한, 소박한 질문을 던졌다. 그러자 답이 정해져 있는 것처럼 "이 정도 거리가 딱 좋아요"라고 답했다.

　　"너무 가까우면 주변 눈도 신경 쓰이고 관계가 드러날 수 있죠. 집에 이 간병 일, 아니 내연 관계를 끌고 들어가고 싶지 않습니다. 그러기 위해서는 저 자신도 머리 전환이 필요해요. 그러려면 이 정도가 딱 좋은 거리입니다. 도네가와강을 건너면서 스위치를 켜거나 끄거나 하는 거죠."

　　나아가 남성들은 이구동성으로 "아내에게는 감사하고 있습니다"라고 말했다. 다마 지구에서 다니는 남성도 내연 상대의 손을 쓰다듬으며 주눅이 들지도 않고 이렇게 선언했다.

"아내가 건강한 덕에 이 사람의 간병을 할 수 있으
니까요."

나이 50을 넘어서 겨우 반려자를 만난 미숙한 나로
서는 그들의 심리 상태를 올바르게 이해하기란 도저
히 불가능할 것만 같다.

끝까지
사랑하고 싶다

종말기의 '위루술'에 단호히 반대하던 내가
2,700명 중 위루술을 시술한 것은
70대 사실혼 부부가 간청한 한 건뿐.
'1분 1초라도 더 오래 함께 있고 싶다.'
치매 여성을 계속해서 돌봐온 한 명의 남성은
제멋대로 사랑을 관철했다.

조금 더 같이
있고 싶어요

오랫동안 호스피스 의사로 지내면서 나는 기본적으로 위루술에는 반대하는 입장을 취해왔다.

위루술이란 위에 작은 구멍을 뚫고 그곳에 위루관을 연결하여 직접 영양을 투여하는 의료 처치를 말한다. 그 작은 구멍을 위루라고 부른다.

경구로 음식을 섭취할 수 없게 된 환자가 비교적 간단히 영양을 섭취할 수 있는 방법이지만, 간병인에게는 적지 않은 부담이 되는 게 사실이다. 더군다나 위루술을 받은 환자가 고령이고 치매를 앓는 재택 요양자라면, 간병인의 부재는 그대로 환자의 생사와 직결된다.

그래서 나는 머지않아 노환으로 마지막 순간을 맞이

할 것이 분명한 환자의 가족에게서 위루술에 관한 상
담을 요청받더라도 그 단점을 설명하고 위루술을 피
하도록 설득해왔다.

하지만 최근 한 환자와 간병인 커플에게서 위루술
문의를 받고 나는 길게 지켜온 신조를 굽히기로 했다.

환자는 70세 생일을 막 맞이한 치매 여성이었고, 상
대 남성도 70대였다. 둘은 이른바 사실혼 관계로 정식
부부는 아니었다.

둘은 교제를 시작한 60대 무렵, 물론 그녀의 인지 능
력이 확실하던 때 "서로의 연명 치료는 하지 않는다"
라고 약속했다고 했다.

남성이 말하길, 그 약속을 나눌 때 '다섯 살 연상인
자신이 먼저 세상을 뜨는 처지가 된다'라는 사실을 염
두에 두었다고 했다.

여성에게서 치매 증상이 나오기 시작했고, 둘은 손
을 맞잡고 전국을 여행했다고 한다. 하지만 치매가 진
행되고 서로의 체력도 떨어지자 남성은 여성을 시설
에 입소시키기로 결심했다.

"마지막까지 보살펴준다고 약속하길래 들여보냈어요."

그러나 2020년에 시작된 코로나19의 영향으로 면회가 제한되었다. 남성은 오래도록 그녀를 만나지 못했다.

그리고 2년 만에 마주한 그녀의 모습에 남성은 당황하고 말았다. 외부와 접촉이 끊긴 동안 치매가 극적으로 진행되어버린 것이었다.

"이것도 운명이라고 스스로에게 말하고 포기하려고 했어요. 그래서 다시금 시설에 고개를 숙였습니다. '마지막 순간까지 부디 잘 부탁드립니다'라고……. 하지만 시설에서 '저희가 마지막까지 간병할 수는 없습니다'라고 하더라고요. '약속이 다르지 않나요?'라고 불평했죠. 말싸움도 했지만 '규칙은 규칙이니까요'라며 제 말은 듣는 시늉도 안 하더군요. 무엇보다 저랑 시설이 귀찮은 일을 서로에게 떠넘기는 듯한 기분이 들어서 그녀가 가엾더라고요."

남성은 수년 만에 여성을 퇴소시키고 자택에서 스스

로 간병하는 길을 택했다. 그리고 내가 운영하는 클리닉이 그것을 돕게 된 것이다.

처음에 그녀를 진단한 나는 솔직히 남은 시간이 그렇게 많지 않다고 생각했다. 일주일 정도 지나면 숨을 거두는 게 아닐까 예상했다.

사랑하는 남자 옆에 있게 된 것이 몸 상태에 얼마만큼 좋은 영향을 끼쳤는지는 명확하지 않지만, 그로부터 그녀는 서서히 기운을 차렸다. 확실한 차도를 보인 것은 아니지만, 여성의 상태는 낮은 곳에서 안전 비행을 하는 쪽으로 바뀌었다.

여기에서 남성은 주저하게 된다. 그리고 나를 향해 "조금 시간이 더 필요합니다"라고 잘라 말한 후, 이렇게 덧붙였다.

"이대로 죽으면 그녀를 시설에 입소시킨 것을 저는 평생 후회하면서 지내야만 합니다. 그러니까 그녀가 조금 더 살아줬으면 해요.

히라노 선생님이 반대하시는 것은 잘 알고 있지만

부탁드립니다. 선생님이 그런 연명 치료에 그다지 적극적이지 않다는 사실은 방문하는 간호사에게 들었어요. 이 사람의 지금 마음은 알 수 없습니다. 아니, 제가 제 욕심을 부려서 폐가 될지도 몰라요.

그래도 조금 더 같이 있고 싶어요.

어떻게든 위루술을 해주실 수 없나요?"

노년의
순수한 마음

그의 말에 나는 이렇게 답했다.

"두 분은 서로의 연명 처치를 하지 않겠다고 약속하셨다고 했죠. 위루술은 틀림없는 연명 처치입니다."

그의 결의는 흔들리지 않았다. "이대로라면 제 마음이 정리되지 않아요. 이대로 이 사람이 죽는다면, 죽어서도 그녀에게 미움받을 것만 같아요"라고 말했다.

몸을 조금 기울여 나를 똑바로 바라보는 남성의 눈에 '아직 조금 더 그녀와 시간을 보내고 싶다'라는 절실한 바람이 담겨 있었다. 나는 그 순수한 마음에 압도당했다. 그리고 '이 사람이라면 제대로 간병할 수 있을지 모른다'라고도 생각했다. 그래도 다시 한번 확인하기 위해 물었다.

"환자가 예전에 결혼해서 낳은 자식들은 간호할 처지가 아니라고 들었습니다. 즉, 연상인 당신이 저분을 간호해야 합니다. 위루술이라는 것은 환자분 목숨이 다할 때까지 당신이 환자보다 하루라도 더 오래 살면서 보살펴야 한다는 것을 의미해요."

내가 꺾이지 않았다는 사실을 깨달았는지, 남성은 농담처럼 이렇게 말했다.

"그건 알 수 없네요. 저도 벌써 70대니까요."

웃음을 보인 그에게 나는 못을 박았다.

"두 분은 정식으로 결혼한 사이는 아니지만, 저는 무척이나 멋진 커플이라고 생각합니다. 이 나이가 되어서도 서로를 지탱하는 모습은 부럽기도 하고요. 그리고 지금 이대로 저분이 세상을 뜨면 당신이 분명 삶의 의지를 잃게 되리라는 사실도 잘 압니다. 환자를 조금이라도 오래 살게 하고 싶다는 마음도 말이죠. 그래도 앞으로 위루술을 한 환자와 함께 산다는 것은 당신이 환자보다 하루라도 더 오래 살아야 한다는 의무, 먼저 죽지 않아야 한다는 의무를 부담하는 것입니다."

그렇게 말하면서 나는 결혼식에 한 맹세를 떠올리고 있었다.

"아플 때도 건강할 때도, 당신은 ○○을 아내로서 사랑하고 공경하고 아낄 것을 맹세합니까?"

결혼식에서 이 맹세를 하는 젊은 신랑, 신부는 밝은 미래만을 바라보리라. 하지만 지금 내 눈앞에 있는 둘의 미래는…….

아니, 지금 내 눈앞의 그 또한 아플 때도 건강할 때도, 그녀를 사랑하고 공경하고 아끼고 있다. 침대에 누워 있는 여성은 자신이 누구인지조차 모르는 상태로 그저 가만히 그를 바라보고 있었다. 그리고 그런 그녀와 다시 한번 시선을 나눈 남성은 내가 한 충고에 몇 번이고 강하게 고개를 끄덕였다.

그날 중으로 나는 제휴 중인 지역 병원에 여성의 위루술을 의뢰했다.

위루술 후 그녀는 2주 만에 퇴원했다. 그 후에는 나와 한 약속대로 자택에서 남성이 그녀의 간병을 계속하고 있다.

"그때는 선생님이 하신 말씀의 의미를 솔직히 잘 몰랐어요. 시작하고 5일 정도 지나자 알게 되었습니다. 분명 이것은 꽤 힘에 부쳐요. 그래도 전 지금 행복합니다."

그 말에 나는 이렇게 응했다.

"그때는 조금 엄하게 말했다고 생각해요. 죄송합니다. 그래도 요즘 연명 처치를 희망해놓고 그 후의 간병을 전부 타인에게 맡기는 사람이 너무 많아서요. 그래서 그렇게 엄한 말투로 말한 겁니다."

내 말을 어디까지 들었는지는 모르지만, 남성은 만족스러운 미소를 보이며 그녀를 계속 보살폈다.

'위루술'을 할지 말지를
가르는 기준

의학 교과서에는 위루술의 '적응증'과 '금기증'이 나온다. 의대생은 그것을 암기하고, 인턴이 되면 그것에 기반을 두어 위루술을 할지 말지 검토한다.

하지만 나 자신은 지금부터 30년 전인 인턴 때부터 위루술의 '적응증', 즉 '위루술을 해도 좋은 상황인지 어떤지'에 대해 고민하고 있다. 이른바 '노인 병원'에서 당직 아르바이트를 했던 경험 때문이다.

어느 새해 첫날 아침, 당직실 전화가 울렸다. 나는 졸린 눈을 비비며 호출 병동을 찾았다. 그곳에서 본 것은 좌우 병실에서 눈을 뜨고 있지만 의식은 없다고 여겨지는 환자가 침대에 나란히 누워 있는 광경이었다. 그 수는 80명 정도 되었다. 그중 한 명이 새해 첫날 아침에 숨을 거둔 것이다.

나는 그 환자의 호흡이 정지한 것을 확인하고 한 번도 만난 적 없는 가족에게 전화했다. 가족의 주소를 보니, 80킬로미터 떨어진 도쿄 도내였다.

"여보세요. 아침 일찍 죄송합니다. ○○병원에서 당

직의를 맡고 있는 히라노라고 합니다. 이 병원에서 지내시던 아버님이 방금 운명을 달리하셨습니다. 죄송하지만 이쪽으로 와주실 수 있을까요?"

잠시 침묵이 이어지더니 전화 건너편에서 아들이 대답했다.

"오늘, 새해 첫날인데 곤란하네요. 3일 정도 지나서 갈 테니 심장 마사지라도 하면서 기다려주세요."

이 부자에게 어떤 사정이 있는지는 모르지만 30년 전에는 이런 감각으로 위루술을 했던 것만 같다. 지금도 초진에서 곧장 위루술을 받는 환자가 많다. 가족에게 "왜 위루술을 받으셨나요?"라고 물으면 안색 하나 변하지 않은 채 "병원에서 하라고 해서요"라고 시원스레 답한다. 이 가족에게는 간병할 마음이 전혀 없는 것이다.

나는 상상한다. 나이가 들고 의식이 없는 나에게 별 고민 없이 위루술이 이루어지고, 아무도 나를 모르는 병원에서 누구도 나에게 흥미를 갖지 않으며, 매일 아침저녁으로 영양분을 넣는 튜브가 내게 연결되어 있는 모습을. 새해 첫날이 밝은 것도, 밖에 벚꽃이 핀 것도 알지 못한 채 나이만 쌓여가는 모습을.

  사람들의 가치관이 저마다 다르므로 나는 여기에 대해 왈가왈부할 수 없다. 그중에는 뇌혈관 질환을 앓고 뇌외과 의사들의 고된 치료로 목숨은 건졌지만 의식은 없는 경우, 스스로 음식 먹을 힘이 없어 오랫동안 수액 처치를 받다가 위루술로 옮겨갈 수밖에 없는 환자도 많으리라. 그렇기에 단순히 '위루술을 해서는 안 된다'라고 단언할 수는 없는 것이 사실이다.

  그런 상황에서 위루술을 해도 좋을지 여부를 고려할 때 내가 생각하는 것은 '상대에 대한 마음'이다.
  내가 유일하게 위루술을 한 여성과 그를 간병하는 남성 커플을 만나 위루술을 시술한 지 4개월이 넘어섰다. "적어도 새해가 밝았으면"이라는 소망이 지금, "벚꽃을 보여주고 싶다"로 바뀌었다.
  둘의 관계는 고등학생의 연애처럼 순수해 보인다. 그리고 그는 이 이상의 연명 처치는 생각하고 있지 않다. 다음에 무슨 일이 일어나면 그녀의 손을 가만히 쥐고 받아들이려 마음먹었다는 사실을 알고 있다.

　나의 최종적인 위루술 '적응증'에 대한 근거는 '그곳에 사랑은 있는가?'다. 남성이 관철한 사랑과 제멋대로의 욕심이 엉터리 의사의 마음을 움직였다.

동료와
함께 있고 싶다

병원에서 죽을지, 시설에서 죽을지, 자택에서 죽을지.
그런 헛된 3다선지 문제는 얼른 해결하자.
자택에서 죽고 싶다는 의사표시를 남겨둔다.
그것이 가능한 상황을 만들기 위해 서둘러 움직인다.
나아가 '누구의 간병을 받을지'도
생각해두는 것이 좋다.

동료들과 마지막 순간까지
'청춘'을 맛본 70대 남성

자택을 비롯한 좋아하는 곳에서 마지막을 맞이하는 것이 환자 본인에게 가장 행복하다는 확신하에 나는 종종 '자택에서 죽자'라고 말해왔다.

물론 환자의 주변 상황이 그것을 가능하게 할지 말지의 열쇠가 되므로 그 준비를 해야 하며 자신이나 간병하는 측도 각오를 정해둬야 할 필요가 있다.

그리고 어디서 죽는지와 마찬가지로 '누구의 간병을 받을지'도 그야말로 자신이 정해도 좋은 것 아닐까.

기존의 사회적인 관계성이나 보수적인 속박을 넘어서서 '정말로 이 사람과 있고 싶다', '마지막 순간은 이 사람이 보살펴줬으면 한다'라고 여겨지는 그 누군가를 고르는 제멋대로의 욕심도 '어디서 죽고 싶은지'와 마찬가지로 올바른 제멋대로라고 생각한다.

말기 암 선고를 받은 72세 남성이 있었다.
결혼은 하지 않았고 자식도 없었다.

"오늘 병원에서 내 병에 관한 설명을 듣기로 했는데 같이 가주지 않겠나?"
천애 고독의 몸인 그가 그렇게 말을 건 것은 친척도, 사귀고 있는 사람도 아니었다. 남성이 보살핌을 의뢰한 것은 고등학교 시절의 요트부 친구들이었다.

그들은 해양모험가 호리에 겐이치(堀江謙一) 씨의 이야기를 다룬 영화 「나 홀로 태평양(太平洋ひとりぼっち)」에 감명을 받은 세대로, 당시 이바라키현의 고등학생들에게도 가스미가우라에서 태평양을 향해 항해하는 것은 하나의 자격에 해당했을지도 모른다.
그런 눈부신 청춘의 시간을 함께 보낸 동료들에게 남성은 어떤 의미에서는 무척이나 무모한 부탁을 한 것이다.

그때 의사에게 들은 이야기는 크게 두 가지였다.

본인이 말기 암이라는 사실, 그리고 그야말로 병원에서 행할 치료는 전혀 없으며 "앞으로는 자택이나 시설에서 지내야 한다"라는 사실이었다.

잠시 침묵이 흘렀다.

이윽고 자기 자신의 운명을 받아들인 남성은 난데없이 바로 옆에서 잠자코 있던 후배의 손을 잡고 "잘 부탁해"라며 고개를 숙였다.

제아무리 10대의 다감한 시절에 함께 땀을 흘렸던 동료의 부탁이라고 해도, 친형제도 아닌 사람을 보살핀다니 말도 안 돼…….

지극히 평범한 감각을 가진 사람이라면 그렇게 생각할지도 모르지만, 놀랍게도 그들은 달랐다. 놀랍게도 동료 전원이 말기 암 남성의 간병을 함께하는 일대 프로젝트를 감행한 것이다.

남성에게 손이 잡힌 후배는 후에 쓴웃음을 띠며 이

렇게 솔직한 마음을 고백했다.

"그 순간에는 '어째서 내가?'라고 생각했어요. 부모님 간병조차 경험한 적 없었으니까요."

그들은 남성을 위해 분주히 움직였다.

곧장 입주할 수 있는 시설을 찾았고, 순식간에 그의 '마지막 장소'를 찾아냈다. 회계를 담당하는 자, 필요한 물건을 준비하는 자, 그저 매일 밤 시설에 찾아와서 보살핌을 계속하는 자……. 동료들은 역할을 분담하여 각각 할 수 있는 일에 최선을 다하면서 남성의 마지막 시간을 감당했다.

동료 중에는 여성도 있었다. 듣자니 단체 세일링 경기에서 우승 경험이 있는 실력자였다.

그런 여성이 시원스레 그를 간호하는 모습을 보고 나는 제멋대로 생각했다. 둘이 과거에 연인 관계였던 것 아닐까 하고 말이다. 어느 날 그 의문을 그녀에게 털어놓자, 그녀는 웃으며 이렇게 답했다.

"그런 일 없었어요. 있을 리 없잖아요. 그런 복잡한 과거가 있었다면 지금 이렇게 팬티를 내리거나 기저

귀 교환 같은 건 할 수 없죠."

'그런가?' 하고 생각하는 한편, '과거에 아무 관계도 없어서 하반신 처치를 할 수 있는 것인가?'라고도 생각했다.

누구 곁에서
떠나고 싶은가?

그들을 보니 앞으로는 혈연에게 부탁할 수 없는 시대가 올 것임을 절실히 깨달았다.

핵가족화가 진행되어 누구에게든 고령 독거의 가능성이 생긴 지금, 죽을 때를 앞둔 환자의 간병을 하는 사람이란 배우자나 자식에 한정되지 않는다.

앞서 몇 개의 예를 통해 내연 관계에 있는 사람이 간병을 담당하는 경우를 소개했지만, 친척도 아닌 사람 또는 자식이나 친척에게 결코 환영받지 못하는 자가 간병하는 경우도 많다.

이런 말을 하면 보수적인 사람들에게서 집중포화를

받을 것 같지만, 나는 당사자 사이에 강한 인연이 있다면 혈연관계가 아닌 누군가가 남은 삶이 많지 않은 환자를 보살피는 것이 딱히 문제 될 일은 아니라고 생각한다.

내연 관계여도 상관없다. 동아리 동료가 간병을 하는 경우는 많지 않지만, 동아리 동료들이 마지막을 보살핀다니 인생의 최종 시기를 청춘 시대의 추억과 연결 짓는 것 같아서 그야말로 상쾌한 일처럼 느껴진다.

죽을 장소를 자유롭게 고르고 싶다고 생각하는 것과 마찬가지로 그 순간 누구 곁에 있고 싶은지에 대해서도 떠나는 사람의 의사가 조금 더 존중받아도 좋다.

위 사례의 남성은 암 선고를 받고 3개월이 지난 어느 날, 동료들에게 둘러싸여 조용히 숨을 거뒀다.

나는 사망 진단서를 쓰면서 그에게 우리 의료인이 한 역할은 지극히 미미한 것이었다고 생각했다. 그의 마지막 순간을 조금이라도 행복한 시간으로 만들어준 것은 그의 동료들이었다.

동료들은 그의 유골을 가스미가우라에 뿌렸다.

그곳은 고등학교 시절 모두 함께 요트를 띄웠던 하구다.

반세기를 거치며 동아리에서 함께 땀을 흘렸던 바닷가는 '이별의 장소'가 되었고, 과거의 동료는 장례식의 참석자가 되었다.

내 마음대로
유유히 살아간다

행복한지 어떤지는 '조건'으로 정해지지 않는다고
매일 통감한다.
몸이 부자유스럽더라도 행복.
돈이 없어도 행복.
가족이 없어도 행복.
여명이 짧더라도 행복.
유유히 사는 사람에게 비장감은 찾아볼 수 없다.

뇌성마비 요시오 씨

요시오 씨는 74세가 되는 환자다.

태어날 때부터 뇌성마비를 앓았고 장애인으로 등록
되어 있다. 양치질도, 옷을 갈아입는 것도 혼자서는 할
수 없다. 다만 지능은 매우 뛰어나며, 시내의 장기 대
회에서 상위 입상하는 단골손님이었다. 전동휠체어를
이용하여 쇼핑몰이나 술집에 제멋대로 드나든다.

내가 왕진 약속일에 자택을 방문해도 집에 없을 때
가 많았다. 그래서 나는 그의 진료일에는 아침 일찍,
일어날 때쯤에 습격한다. 그러면 그는 행복한 표정으
로 이불에서 자고 있거나, 혹은 아침부터 맥주를 마시
고 있다.

요시오 씨에게는 친위대가 있다. 그의 제멋대로인 행동에 이해심을 보이는 간병인들이나 단골 술집의 치 마담이라고 불리는 사람이다. 코로나 사태 전에는 간병인들을 꼬셔서 낮부터 술집에서 노래를 즐겼다. 양손에 꽃을 안은 채 양쪽 귀에 입김을 쏘이면서 나이가 몇인데 "꺄! 꺄!" 하고 서로 도망치며 쫓는 그런 놀이를 즐겼다.

이와 다르게 정통파 케어 매니저나 직업의식이 높은 복지 스태프와는 사이가 나쁘다. 케어 매니저가 양로원에 입주하기를 권유했을 때, 요시오 씨는 입에서 거품을 내뱉으며 "바보야!"라고 분노를 쏟아낸 적도 있다.

그런 요시오 씨가 얼마 전 사고를 당했다. 평소처럼 전동휠체어로 이동 중에 등 뒤에서 온 승용차에 치인 것이다. 그 결과, 요시오 씨는 거의 누워 지내는 신세가 되었다.

슬슬 어딘가의 시설에 입주해야 하는 것 아닐까. 나는 물론 그의 친위대도 다들 그렇게 걱정했지만, 본인

은 깔끔하게 거절했다. 친위대인 간병인들도 "앞으로
도 그를 자택에서 돌본다"라고 의사를 표명함으로써
이전과 마찬가지로 요시오 씨는 자택에서 요양 생활
을 계속하게 되었다.

한때 뚝 떨어졌던 식사량도 다시 늘어나기 시작했
다. 최근에는 맥주를 마실 수 있을 정도로 회복했다.
다만 사고 후유증이 커서 지금도 침대 위를 떠나지 못
하고 있다.

삶의 방식까지 관통하는 '내 마음대로'

이번에 나는 그의 친위대 중 한 명인 여성 간병인과
이야기할 기회가 있었다. 50대인 그녀는 74세의 제멋
대로인 신체장애인을 '남자답다'라고 평가했다.

"요시오 씨는 제멋대로인 사람이지만 미워할 수가
없어요. 그 사람이 사는 방식은 훌륭해요."

갈색 머리에 눈썹이 없는, 한때 마음껏 놀았을 것만 같은 간병인은 그렇게 말하며 웃었다.

"어떤 일이든 산뜻하게 대처하거든요. 언제까지 똑같은 말을 주절주절 되풀이하지 않는다고 할까…….그 차 사고를 당했을 때도 너무나 아무렇지 않은 듯 행동해서, 오히려 요시오 씨를 친 가해자 쪽이 놀란 것 같더라고요."

듣자니 사고를 당한 요시오 씨는 구급차로 달려온 구급대원을 향해 "병원에 데리고 가지 마!"라고 화를 냈다고 한다. 그러면서 사고에 대해서는 "아무것도 필요 없어. 용서할게"라고 말하고 겨우 3일 만에 합의를 봤다. 가해자는 무척이나 황송해했다고 한다.

"왜 용서한 거냐고요? 뭐, 요시오 씨가 말하기를 '좋은 사람이었기에'라더군요. 말도 안 되지 않나요?"

요시오 씨는 결혼 경력이 있다. 젊었을 때 첫눈에 반한, 마찬가지로 장애를 품고 있는 여성을 설득한 결과였다. 친척 모두가 맹렬하게 반대했지만, "제가 그녀를 잘 돌보겠습니다"라고 선언하고 결혼을 허락받았다. 사정을 아는 간병인은 이렇게 말하며 웃었다.

"여기까지는 멋지지만, 그 후의 일을 들어보니 아무리 호의적으로 보려 해도 결국 돌봄을 받은 쪽은 요시오 씨였더라고요. 그런데 그 부인이 세상을 먼저 떠났어요. 그래도 요시오 씨, 아내와의 약속을 지키려 유골을 오키나와의 바다에 뿌리러 갔다 왔대요."

간병인들도 요시오 씨의 고령자 시설 입소를 반대했다.

"요시오 씨를 재택 간병하기는 힘들어요. 한밤중에도 두세 번은 대소변 문제를 처리해야 하니까요. 그래도 그 사람은 우리를 신경 써서 깨우려고 하지 않아요. 반대로 우리가 걱정하며 묻고는 하죠. '괜찮아요?'라고. 개중에는 좋게 좋게 '양로원에 들어가시죠'라고 말하는 간병인도 있어요. 하지만 본인은 물론 우리도 반대하죠. 회사에서는 싫어하지만 말이에요."

내가 방문 진료를 시작했을 무렵에는 본인은 물론 친위대도 마음의 준비를 하고 있었다고 했다.

"왕진을 온 의사가 '재택 요양은 불가능합니다. 시설

에 들어가세요'라고 말하면 어떻게 하나, 거기다 '술은 그만 드세요'라고 말하는 게 아닐까 걱정하기도 했죠. 그런데 선생님(나)은 '마음대로 드시고 싶은 만큼 드세요'라고 말씀하셨죠. 다들 놀라기도 했고, 기쁘기도 했어요."

분명 나는 그렇게 말했다. 얼마 남지 않은 인생이다. 이제 와서 좋아하는 일을 그만두고 수년이든 수개월이든 수명을 늘린다고 무슨 소용이 있겠는가 생각했기 때문이다.

나는 요시오 씨뿐만 아니라 누구에게든 술을 그만 마시라거나 담배를 줄이라고 말하지 않는다. 먹고 싶은 것을 먹어도 좋고, 하고 싶은 일은 하는 편이 좋다('다만 주변에 너무 폐를 끼치지 않는 정도에서'라는 말을 곁들이기는 한다). 그래도 약속한 왕진일에 집에 없는 등 요시오 씨의 제멋대로인 행동에 휘둘려서 난감할 때가 있는 것도 사실이다. 그것은 간병인들도 마찬가지인 모양이다.

"분명 요시오 씨는 제멋대로지만 합리적으로 행동하

는 사람이에요. 그렇게까지 이쪽을 불쾌하게 만들지 않는다고 할까. 그 사람은 '미안합니다'라고는 절대 말하지 않지만, 이쪽이 화를 내면 귀엽게 의기소침해지곤 해요. 그래서 한 시간 정도 가만히 내버려두면 점점 마음이 불편해지거든요. 그래서 '나야말로 미안해요'라고 제가 사과하게 되죠. 그러면 또 웃으면서 '이제 괜찮아'라며 그가 용서해주죠. 사실 제가 잘못한 건 하나도 없는데 말이에요."

'돈'과 '건강'이 있으면
행복할까?

나에게는 지금도 600명 정도의 방문 진료 환자가 있다. 병원 진료실과 다르게 자택이라는 안심할 수 있는 공간이기 때문인지 환자들은 자기 몸에 관해 자주 이야기한다. 그리고 증상과는 별도로 자신의 삶이나 거쳐온 길에 대해 푸념하는 사람도 적지 않다.

태어난 집이 가난해서 학교에 가지 못했다, 정말로

좋아하던 사람과 함께하지 못했다, 사실은 다른 일을 하고 싶었지만 자라온 환경 때문에 그럴 수 없었다, 배우자의 행동이 수상하다, 며느리와 잘 지내지 못해서 아들이 집에 오지 않는다, 친척이 재산을 노리고 있다……

나는 '이것도 업무의 일환'이라고 생각하며, 때로는 "이 사회가 나쁘다"라고 말하는 환자의 끝나지 않는 푸념을 함께한다. 하지만 나도 인간이므로 그런 이야기를 계속해서 듣다 보면 질리기도 한다.

하지만 이 요시오 씨는 그런 무언가를 원망하는 말을 전혀 꺼내지 않는다. 불평 하나 말하지 않는다. 간병인도 말한다.

"요시오 씨는 태어났을 때부터 싫다고 여겨질 정도로 부조리한 일을 당해왔을 거예요. 그렇지만 언제든 웃고 있어요. 아니, 오히려 그래서 웃는 걸까요? 그런 그를 보다 보면, 마지막까지 함께하고 싶다고 생각하게 돼요."

제아무리 부자유스러움을 느끼더라도 언제나 긍정

적이고 유유히 살아간다. 그런 자세에 모두 자신이 깨닫지 못하는 사이, 손을 내밀게 되는 것일지도 모른다.

사고 후 요시오 씨는 단골 술집에 다니지 못하게 되었다. "좀 아쉬워하지 않으세요?"라고 묻자, 간병인이 웃으며 이렇게 알려줬다.

"괜찮아요. 어제도 치 마담을 자택으로 불렀거든요. 요시오 씨를 둘러싸고 저희가 귀에 '후후' 입김을 불자, 꺄꺄 웃으며 기분 좋아하셨어요."

74세, 독신에 침대에서 일어나지도 못하는 장애인……. 외부인의 눈에는 절망적인 상황으로 비칠지도 모른다. 하지만 요시오 씨는 자기 내키는 대로 이제 얼마 남지 않은 인생을 분명 오늘도, 지금 이 순간도 즐기고 있다.

인생을 구가하기 위해서는 출신이나 지위, 재산 따위 필요하지 않다.

건강한지 어떤지도 관계없다.

어떻게 마음먹는지에 따라 자기 행복과 불행은 결정

된다.

요시오 씨는 그렇게 가르쳐주고 있다.

제3장

말 잘 듣는
노인이 되지
마라

시키는 대로만 하지 않고
스스로 '생각한다'

자식에게 말을 들었기에,

딸이 권유하기에,

텔레비전에서 그렇게 말하기에.

그런 이유가 아니라, 스스로 생각한다.

'좋은 제멋대로'의 시작은

스스로 생각하는 것, 상상하는 것.

'건강하게 살다가 단번에 죽는 것'은
정말 좋을까?

최근 많은 고령자가 '죽을 때는 픽 쓰러져서 단번에 죽고 싶다'라고 말한다. 그런데 그게 정말 이상적인 죽음일까?

식탁 옆자리에 앉아 있던 남편. 텔레비전을 보면서 귤을 먹고 있는 줄 알았는데, 괴로워하는 일도 없이 갑자기 쓰러지더니 어느새 숨을 쉬지 않는다. 이것이 그들이 말하는 이상적인 마지막 순간일까.

하지만 그 순간까지 건강하게 살았으니 남편에게는 당연히 방문 진료를 오는 주치의는 존재하지 않는다. 즉, 자택에서 갑자기 죽으면 결과적으로 경찰이 찾아오는 사태가 벌어진다. 더군다나 부검도 행해진다.

무엇보다 옆에서 함께 굴을 먹고 텔레비전을 보며 웃던 아내나 가족은 그때까지 건강했던 남편이나 부친이 갑자기 돌아올 수 없게 되었다는 사실을 충분히 받아들일 수 없을 테고, 머리가 정리되지 않을 것이다. 몇 살이든 서로서로 죽음을 각오하는 시간이 필요하다.

즉, 건강하게 살다가 단번에 죽는 임종은, 당사자 입장에서는 계속 건강하게 살아온 만큼 불안해할 틈이나 공포에 휘말릴 필요 없이 갑자기 픽 쓰러지는 것이니까 그게 좋을지도 모르지만, 남겨진 가족에게는 이이상 불합리한 일은 없다는 말이 된다.

그런 점에서 비난을 각오하고 말하자면 나는 암으로 마지막 순간을 맞이하는 것이 이상에 가까운 죽음이라고 생각한다.

암이라면 '이상적으로' 죽을 수 있나?

물론 암은 그 종류에 따라 다르지만, 발병 후 극심한 아픔과 괴로움이 동반되는 병이다. 당사자 입장에서 보면 이상적이라고는 입이 찢어져도 말할 수 없으리라. 다만 최근 들어 '암은 낫는 병'이라는 말이 나온 것처럼, 암이라는 병명이 곧바로 죽음을 의미하지는 않게 되었다. '암 서바이버'라고 불리는 사람도 많이 존재한다. 무엇보다 완화 치료의 등장과 발전 덕에 그 아픔이나 괴로움을 육체적인 면과 정신적인 면에서 꽤 조절할 수 있게 된 것도 사실이다.

한편으로는 많은 환자와 가족에게 암은 여전히 '불치병'이라는 인식이 강하다. 암을 앓으면 죽음의 경계에 서는 심경이 된다. 즉, 암을 앓는 사람과 그 가족은 그 경과 시간의 길고 짧음은 있지만 조금씩 죽음을 받아들이고 그 순간을 향해 걸음을 내디딜 수 있다. 당사자는 건강할 때 물리적으로든 정신적으로든 많은 일을 정리하고 여행을 떠날 수 있으며, 가족은 배웅하는 마음을 가질 수 있다.

그리고 많은 암 환자는 말기를 맞이하고 일정한 시간이 지나면 그 용태가 급변하고 상태가 크게 악화된다. 그 후, 환자의 인식은 날아가고 최종적으로는 아픔과 괴로운 느낌 없이 숨이 끊어진다.

말하자면 그 직전에는 결코 '건강하다'라고는 말할 수 없지만, 최종적으로는 '픽 쓰러진다'에 가까운 마지막 순간을 맞이할 수 있는 것이다.

암은 누구나 두려워하는 인류의 천적과도 같은 존재지만, 지금 암으로 사망하는 사람이 이렇게까지 늘어난 원인으로는 의학의 발전도 꼽을 수 있다.

과거라면 결핵이나 다양한 유행병으로 임종을 맞이했을 목숨이 극적으로 진보한 의학으로 구원되어 살아나게 된 결과, 암이라는 '마지막 보스'가 등장하게 된 것이다.

의료가 발전한 선진국에서 태어나 죽어가는 우리가 이 마지막 보스를 길들이기란 도저히 불가능하다고 해도, 타협하면서 받아들이는 것이 이상적인 죽음에 가까운 방책 아닐까.

선생님, 죽는 방법을 가르쳐주세요

"죽음이라는 것이 뭐죠?"

나 같은 말기 환자만을 진찰하는 방문 진료 의사의 경우, 이런 질문을 자주 받는다. "선생님, 죽는 방법을 가르쳐주세요"라는 질문을 받을 때도 있다.

지금 그야말로 고통으로 가득 차 있는 환자 본인이 물을 때도 있고, 의식을 잃은 환자의 가족이 "앞으로 남편은 어떻게 되는 건가요? 아픔이나 괴로움이 더 심해질까요?"라며 묻기도 한다.

그럴 때 나는 우선 "저도 죽어본 적이 없어서 모릅니다"라고 답한다. 그러면 많은 경우, 환자나 그 가족은 '그건 저도 압니다'라는 표정을 짓는다. 그때 나는 이렇게 덧붙인다.

"이제 막 태어난 아기를 생각해보세요. 점점 눈이 보이고, 몸을 뒤집어 엉금엉금 기어가고, 1년 정도 지나면 두 발로 서고 걸으며 점차 인간으로서의 기능을 획득하죠. 이번에는 그 반대의 일이 벌어진다고 생각해보세요. 허리가 굽고 점점 걷기 어려워지며, 이윽고 몸을 일으키지 못하고, 그때까지 당연하게 행하던 음식 먹는 행위를 하지 못하게 되어 쇠약해지는 것이죠."

즉, 사람의 죽음은 갑자기 딱 하고 모든 것이 끊기는 것이 아니다. 많은 방에 있는 여러 조명을 하나씩 끄는 것처럼 딱, 딱, 딱 하고 하나하나 스위치가 꺼져나가는 것이다.

"그리고 의식이 혼탁해지고 마지막에는 하악 호흡이 시작됩니다. 산소 흡입량이 적어지다 보니 몸이 턱과 목의 근육을 움직여서 어떻게든 산소를 받아들이려고 하면서 나타나는 호흡 상태예요. 괴로워 보이거나 헐떡이는 것처럼도 보이지만 환자는 이때 딱히 괴로움을 느끼지 않습니다."

하악 호흡 상태인 환자의 몸에서는 산호 흡입량이 줄어들고 이산화탄소는 축적되면서 뇌 내 마약 물질인 엔도르핀이 분비된다. 그래서 본인은 괴로움이나 아픔을 느끼지 않는다고 여겨지고 있다.

그리고 이 타이밍에 환자 대다수가 갑자기 대화를 시작한다. 대화 상대는 이미 한참 전에 세상을 뜬 모친인 경우가 많다.

이것은 흔히 '임종 현상'이라고 부르는 것으로, 결코 오컬트, 초자연적인 것만은 아니다. 환자는 뇌 내 마약의 영향으로 이 순간 환각을 보게 된다. 만나고 싶은 사람과 재회를 거치면서 그동안 공포의 대상이었던 '죽음'에 대해 '저세상도 나쁘지 않을지 모른다'라고 착각하게 만드는 과정 아닐까.

이전 해안가 마을의 병원에서 일할 때 물에 빠져 구급차로 실려 온 사람은 "괴로움 끝에 반짝반짝 빛나는 세계가 있었다"라고 말했다. 사람은 죽음 직전에 주마등을 본다는 표현도 전부터 자주 들었다. '반짝반짝 빛나는 세계'나 '주마등'도 아마 임종 현상과 마찬가지로 뇌 내 마약이 보여준 것으로 생각된다.

또한 식사를 하지 못하고 쇠약해지는 과정에서 사람은 다행감(多幸感, 정상보다 어떤 상황이나 자극에 대하여 과다하게 느끼는 행복감-옮긴이)을 얻는다고 여겨진다.

먹지 못해 기아 상태에 빠지면 몸속에서는 중성지방을 연소시키고 분해하는 작용을 통해 에너지 물질을 보충하려 하는데, 이때 몇 퍼센트 정도가 케톤체라는 물질로 변화한다. 그리고 케톤체가 주요 에너지원으로 전환되면 뇌의 공복감은 사라지고 다행감이 느껴지는 것이다.

오래전, 동굴에 틀어박혀 살다가 성불한 고승들이 목표로 삼은 것은 아마도 이 케톤체에 의하여 다행감을 얻는 상태였을지도 모른다. 이윽고 드디어 마지막 순간을 맞이하자 뇌 내 마약이 그들에게 만다라를 보여준 것 아닐까.

"즉, 사람의 죽음, 특히 자연사라고 불리는 죽음에서는, 그 순간 옆에서 지켜보는 가족이 느끼는 것만큼 본인이 괴롭지는 않습니다. 그렇기는커녕 스스로가 죽음을 받아들임으로써 행복감에 휩싸여 있을 테죠. 저 자신은 신을 믿지 않지만, 누군가가 사람의 몸을 그런 식으로 만들어준 겁니다."

여기까지 설명한 후에 나는 이렇게 말을 잇는다.
"하지만 의료가 발달한 현재, 다양한 소생을 위한 처치나 연명 처치가 편안한 죽음의 순간을 방해하고 있을 가능성마저 있습니다."

사람은 본래 '자연스러운 상태로 죽고 싶은' 생물

이전에 이런 환자와 가족이 있었다.

환자는 슬슬 마지막 순간이 닥쳐오는 80대 여성. 자택의 방에서 이부자리에 누운 그녀 주변을 열 명 정도의 자식과 손주들이 둘러싸고 있었다. 이 사람들 모두가 무척이나 상냥하고 좋은 사람들이었다. 하지만 그렇기에 그들은 할머니의 온화한 여행을 계속해서 방해하게 된다.

할머니의 의식이 멀어지고 호흡이 한없이 약해진 다음 순간, 가족 모두가 큰소리로 할머니를 부르기 시작했다. 결국에는 소생술을 배운 경험이 있는 손주가 할머니 위에 올라타서 양손으로 가슴을 강하게 리듬에 맞춰 몇 번이고 눌렀다.

그러자 할머니는 "쿨럭!" 하고 기침하듯 호흡을 재개했고, 이 세상에 아직 더 남아 있게 되었다. 가족들은 박수갈채를 보냈고, 손주는 큰 성과를 이룬 것처럼 브이 포즈를 지었다.

나는 그들에게 "다음번에는 가만히 계시는 편이 좋습니다. 본인을 편히 떠나게 하는 편이 좋아요"라고 조언했다.

하지만 몇 분 후 할머니의 의식이 멀어지자 다시 가족은 소리를 질렀고, 가슴 위에 올라 소생술을 반복했다. 그리고 할머니는 다시 살아남았다.

이때 놀라운 일이 벌어졌다. 환자 본인이 입을 연 것이다.

"인제 그만 좀 해!"

결국 이 여성은 이날 세상을 뜨지 않았다.
그리고 이틀 후 늦은 밤, 이부자리를 둘러싼 가족 모두가 피로에 절어 졸고 있던 아주 짧은 순간에, 그야말로 그 타이밍을 계산하고 있던 것처럼 할머니는 세상을 떴다.

저세상 입구에 발을 걸친 채 몇 번이고 다시 불려왔던 할머니. 그녀가 숨을 거둔 순간, 나에게는 "지금이야, 빨리 죽어야지!"라는 그녀의 장난스러운 목소리가 들려온 기분이 들었다.
지금 돌아보면 죽고 싶다고 생각한 순간에 죽는 것이야말로 궁극의 제멋대로일지도 모른다.

인생 종반의 '거처'는
돈으로 사지 마라

최고급 양로원에 들어가면 만사 해결이라고
사고를 멈춰서는 안 된다.
돈으로 설비는 살 수 있지만,
안심할 수 있는 마음 편한 인간관계는
살 수 없으니까.

_____

마지막 거처는
돈으로 살 수 없다

얼마 전 한 고급 잡지에서 입주금이 10억 원이라는 최고급 양로원을 다룬 특집 기사를 흥미롭게 봤다. 아니, 그건 거짓말이고 우연히 기사를 발견해서 멀뚱멀뚱 쳐다봤다.

결론부터 말하자면 평소 고급스러운 것과는 인연이 먼 나에게는 거기 실려 있던 최고급 양로원이 10억 원의 가치가 있는 것처럼은 느껴지지 않았다.

하루 세끼 유명 셰프가 감수한 요리를 즐길 수 있다고 적혀 있었다. 원한다면 아침, 점심, 저녁에 유명 레스토랑 가이드에서 별을 딴 고급 프랑스 요리도 즐길 수 있다고 했다.

하지만 그 기사를 읽은 나는 "과연 그것을 즐길 수

있을까?"라고 혼잣말하고 말았다.

　50대인 나조차도 프랑스 식당에 가본 것은 손에 꼽을 정도다. 지금 70세 이상 고령자 중에서 과연 몇 명이 프랑스 요리를 즐겁게 먹을 수 있을까. 내가 평소 방문 진료하는 환자 중에는 아마 한 명도 없을 것 같다.

　된장국과 쌀밥을 먹으며 자란 우리는 아무리 고급스러운 식재료를 쓰거나 유명 셰프의 감수를 거쳤다고 해도 그 맛이 좋고 나쁜지 알 수 없다. 지금 무엇을 먹고 있는지조차 판별할 수 없을 테다.

　간병의 내용도 그렇다. 아무리 돈을 쏟아부어도 간병의 내용은 크게 달라질 것이 없다. 그렇기에 나는 10억 원이나 되는 거금을 내고 입주하는 양로원이 과연 그만큼 가치가 있을지, 이해할 수 없다.

　그렇게까지 큰 금액은 아니지만, 간토 근교에도 수억 원의 입주금이 필요한 부유한 고령자가 모이는 양로원이 몇 개나 있다.

나는 그중 몇 곳에 과거 몇 번인가 업무차 방문한 적이 있다. 입주자 모임에 참석한 이들에게서 질문을 받기도 했다. 하지만 첫머리부터 내심 질리고 말았다.

　"저는 ○○대학 경제학부를 나와서 ○○상사에서 근무한 ○○라고 합니다만······."

　"저는 △△대에서 미국 △△대로 유학을 갔어요. 그 후 △△증권에서 정년까지 근무했습니다."

　질문을 하려고 손을 든 고령자 중 상당수가 먼저 출신 대학이나 정년 전까지 다니던 회사를 들먹이며 자기소개를 했다. 어떻게 보면 대학명도 기업명도 누구나 알 만한 유명한 곳이니 다들 자기소개라기보다는 경력 자랑이다. 그렇게 입주민끼리 서로 우위에 서려고 하는 것이리라. 그도 아니라면 쓰쿠바대학 의학부를 간신히 졸업한 시원찮은 방문 진료 의사를 앞에 두고 으스대고 싶은 것일까.

　모두 70대, 개중에는 80세를 목전에 둔 사람도 있었다. 모두 입고 있는 것은 명품이거나 비싸 보이는 소재의 옷이었고, 나이에 비해 멋스럽게 차려입고 있었다.

하지만 지금부터 그들은 학력과 직함, 연봉 같은 것과는 일절 무관하게 모두 인생의 마지막 모퉁이를 도는 연령대의 사람들이다. 그런 그들이 과거의 영광을 떨치지 못하고 갖가지 것으로 자신을 치장하려는 모습이 나에게는 지루해 보였다.

그런 점은 다분히 궁합의 문제이기도 할 테고 내 쪽의 문제일 수도 있겠지만, 이래서는 평소 내가 왕진에서 상대하는, 너덜너덜한 러닝셔츠 한 장으로 제멋대로 구는 노인들이 훨씬 즐거워 보인다.

이상적인
마지막 거주지

돈을 모으면 분명 인생 최후의 거주지는 찾을 수 있다. 하지만 그 장소가 마음 편한 곳인지 아닌지는 결코 돈에 좌우되는 것이 아니다. 그렇다. 정말로 마음 편한 장소란 돈만으로는 손에 넣을 수 없다.

그리고 내가 생각하는 마음 편한 마지막 거주지, 이

상적인 최종 거주지 중 하나가 내 고향 쓰쿠바시에 있다.

그곳은 서비스 포함 고령자 대상 주택 '폴라리스'다.

나와 동료 의사가 방문 진료 의사로 있는 그곳은 색다른 분위기의 신기한 시설이다.

지금은 고령자 시설로서 자기 건물을 세웠지만, 개업 초기에는 임차인이 도망쳐버린 오래된 빌딩을 그대로 사용했다. 이어서 입주한 곳은 원래 오코노미야키 가게였던 건물에 최소한의 리모델링만 거친 곳이었다.

그리고 신기한 특징 중 가장 특별한 부분은 고령자 시설에 따르는 것이 보통인 매뉴얼이나 규칙이 거의 없다는 점이다.

입주자를 속박하지 않는 독특하고 느긋한 공간을 만들어낸 사람은 이 또한 색다른 경력을 가진 대표 오카다 미치코(岡田美智子) 씨다.

내가 이 시설의 존재를 알게 된 것은 방문 진료 의사를 시작하고 몇 년쯤 지났을 무렵이었다. 홀로 살다가 말기를 맞이하는 환자가 많았다. 자택에 가만히 혼자 둘 수는 없지만, 그렇다고 해서 입원을 시키려고 해도 좀처럼 병원에서 받아주지 않았다. 그야말로 갈 곳이 없어진 그들을 앞에 두고 어찌할 바를 모르고 있을 때, 지인에게서 "이런 시설이 있어"라고 소개를 받았고, 견학을 위해 발길을 옮긴 것이었다.

처음에 나는 폴라리스의 운영 방식을 의문스럽게 바라봤다. '이렇게 낡아빠진 빌딩에 고령자를 모아놓다니, 혹시 위법 시설 아닌가?' 하고 말이다.

'위험해. 만에 하나 보건소에서 단속 같은 것이라도 나온다면 관계된 방문 의사로서 나까지 휘말리는 거 아니야?'

처음에는 그런 식으로 생각하기도 했다.

사실 폴라리스는 그때까지 내 밑에서 일하던 젊은 동료 방문 의사가 담당하고 있었다. 몇 번이고 왕진을 거치면서 그가 "폴라리스라는 곳, 정말 대단해요"라고 말을 꺼냈다. 그 말을 도무지 믿을 수 없어서 나는 "왜 그렇게 생각하는데?"라고 물었다.

"그게, 입주자분들이 다들 정말로 행복하고 즐겁게

살고 있거든요."

　분명 그랬다. 폴라리스의 입주자는 다른 시설에서는 거의 볼 수 없을 정도로 생생한 눈을 하고 있었다.

　폴라리스에서는 매뉴얼이나 규칙으로 입주자를 속박하지 않는다. 일반적인 현대 고령자 시설에는 제멋대로 배회하지 못하도록 각 방에 전자식 잠금장치가 되어 있는 것이 보통이지만, 폴라리스에는 그런 것도 없다. 입주자와 함께 그곳에서 사는 오카다 씨나 스태프가 상시 바로 옆에서 지켜보고 있기 때문이다.

　그리고 아직 몸을 움직일 수 있는 입주자들이 공유 공간의 청소나 모두가 한 식사의 뒷정리 등 보통이라면 스태프가 해야 할 일에 자주적으로 참가한다. 오카다 씨를 포함한 스태프와 입주자가 함께 하나의 지붕 아래 사는 가족처럼 그곳에 있는 모두가 서로서로 돕고 의지한다. 입주자 자신이 마음 편한 장소를 만들어나가는 것이다.

　그리고 모두가 참가하는 체조나 레크리에이션을 강요하지 않아도 입주자들은 충분히 충실감을 느낀다.

출신 대학이나 경력을 자랑하는 사람도 없다.

"○○ 씨, 식사 왔어요!"

일반적인 고령자 시설에서는 간병인이 이용자의 귓가에 대고 이름을 크게 부른다. 귀가 잘 들리지 않는 사람이 적지 않으니까 어쩔 수 없을지도 모르지만, 그것이 매뉴얼이다. 그리고 운동 기능이나 인지 기능이 떨어진 그들에게 마치 아이가 할 법한 레크리에이션을 시킨다. 빙 둘러 의자를 놓고 체조를 함께하거나 동요를 합창하기도 한다.

하지만 당연히 모두가 그것을 즐겁게 받아들인다고는 볼 수 없다. 아니, 오히려 지루하게 느끼는 사람이나 아이들의 놀이를 강요당하며 바보 취급을 받는다고 생각하는 사람도 적지 않다. 청각에 문제가 없는 이용자도 당연히 존재한다.

하지만 폴라리스의 오카다 씨는 이전 직장에서 갈고 닦은 뛰어난 커뮤니케이션 능력을 가지고 있다. 매뉴얼이 없더라도 입주자 한 명, 한 명과 대화하며 각각의 취향이나 문제를 듣고, 느긋한 운영 형태를 취하면서도 제대로 개별 대응을 해준다.

　오카다 씨는 과거 쓰치우라 제일의 번화가 사쿠라초에서 술집을 운영했다.

　손님 수가 줄어들기 시작했을 때쯤 단골손님 중 한 명이 "앞으로는 간병의 시대라고 신문에 적혀 있었어요"라고 말을 꺼냈다고 한다.

　그것이 오카다 씨에게는 하늘의 계시였다. 오카다 씨는 가게 문을 닫고 간병인 자격을 딴 다음, 고령자 시설에서 근무하다 마침내 독립했다. '폴라리스'를 설립한 것이다.

　개업 스태프로는 과거 카운터 끝에서 술에 취해 있던 술집 시절의 단골손님도 이름을 올렸다. 그 남성은 전 요리사였고, 폴라리스에서도 조리를 담당했다. 그가 만든 요리는 입주자들 사이에서 호평받았다.

　또한 오카다 씨는 자기 손을 더럽히는 것도 주저하지 않는다.

　과거에 내가 방문한 적이 있는 극히 일반적인 어느

시설의 대표는 "저희는 환자분의 행복과 건강을 최우선으로 생각합니다"라고 자신들의 운영 방침을 자랑스럽게 떠들곤 했다. 하지만 그 대표 자신이 환자나 입주자와 직접 접하는 일은 극히 드물었다. 그렇기에 그 말은 입에 발린 소리로만 들렸다.

반면 폴라리스의 오카다 씨는 다르다. 자신도 같은 공간에서 생활하며 많은 시간을 입주자와 함께 지낸다. 별다르지도 않은 길고 긴 이야기나 불평도 정면에서 마주하고 때로는 판단도 내린다. 입주자의 오물로 가득 찬 화장실에 스스로 손을 쑤셔 넣는 일도 마다하지 않는다.

결코 입에 발린 말을 하지 않는 오카다 씨에게 입주자도 신뢰감을 보이고 마음을 여는 것이다.

폴라리스란 북쪽 밤하늘을 빛내는 북극성을 의미한다. 거의 움직이지 않아서 여행자를 이끌어주는 별이다.

"모두 나이가 들어 곤란할 때, 이 별 밑으로 모인다면 어떻게든 도와주겠다는 의미예요."

부끄러워하며 오카다 씨가 말했다. 그 말은 내 가슴에도 울려 퍼졌다. '그렇구나. 나도 앞으로 마지막 거처를 내 나름대로 만들 수 있는 것 아닐까' 하고. 하지만 동시에 그것은 어려울지도 모른다고 생각했다. 왜냐하면 지금은 폴라리스 앞에 입주를 희망하는 고령자들의 길고 긴 줄이 생겨 있기 때문이다.

정말로 마음 편한 마지막 거처는 돈으로는 결코 살 수 없다.

어느 날 폴라리스 식당에 놓인 텔레비전에서 앞서 말한 것과 같은 고급 고령자 양로원을 소개하는 영상이 흘러나왔다. 어딘지 모르게 부러워하는 눈초리로 화면을 들여다보는 입주자들에게 오카다 씨는 일갈했다.

"여러분, 입에 맞지 않는 프랑스 요리보다 된장국이 더 좋지 않나요? 고령자들의 허세를 부추기는 저런 이야기에 속으면 안 돼요."

내 마음대로
마지막 '장소'를 고르다

누구와 어디서
마지막 남은 시간을 보낼 것인가.
어느 쪽이든 마음대로 선택할 수 있다.
마지막까지 자기 자신으로 있고 싶다.
그런 제멋대로를 관철하는 산뜻함에
자기도 모르게 마음이 움직인다.

'여행'을 떠나는
종말기 환자들

얼마 전 일이지만 투어 가이드를 하는 친구에게 이런 이야기를 들었다.

"최근 패키지 투어의 집합 장소에 딱 보기에도 치매를 앓고 있어서 장기 여행에는 부적합해 보이는 참가자가 나타나는 경우가 늘고 있어."

그런 일이 벌어지면 투어 가이드인 친구는 당황해서 '긴급 연락처'에 기재된 가족, 아들이나 딸에게 연락을 취하는데, 개중에는 수화기를 통해 다음과 같은 놀라운 대답이 되돌아오는 경우가 있다고 했다.

"저기 말이죠. 이제 저는 간병에 지쳤어요. 일주일 정도 어딘가로 데리고 가주셨으면 합니다."

"패키지 여행은 고려장이 아닌데 말이야" 하고 친구

는 중얼거렸다. 아무리 그래도 그런 경우는 드물고, 연락을 취한 자식들에게서 "벌써 몇 년 동안 부모를 만나지 않았다"라는 답변을 듣는 일도 적지 않다고 한다.

"그래서 부모를 데리러 오라고 하는데, 자식들은 못 본 사이에 완전히 달라진 부모의 모습에 놀라고, 동요하며 데리고 가."

친구는, 아마도 수개월 전에 본인이 투어를 예약했고, 이후 치매가 진행되어버린 것이 아닐까 추측한다. 그때 장기간 연락하지 않았던 자식들을 긴급 연락처로 지정해두었으리라.

그렇다면 중한 병을 앓는 고령자는 여행을 떠나면 안 되는 것일까? 나는 반드시 그렇다고는 생각하지 않는다.

3년 정도 전의 일이다. 드물게도 조금 긴 휴가를 얻었기에 단풍 구경을 하러 도호쿠 지방을 여행한 적이 있다. 그때 들렀던 휴게소에서 나는 작은 승합차로 '차박' 여행을 하는 노부부를 만났다.

"돈은 없지만, 시간은 넘쳐날 정도로 많거든요. 경치를 즐기고 온천에 몸을 담그고, 그리고 술을 즐긴 후에 밤에는 차에서 자고 있어요."

남편은 이렇게 말하며 유쾌한 듯 웃었다.

듣기로는 '차박'이 지금 붐이라고 한다. 안전한 주차장이나 당일치기 온천을 할 수 있는 시설, 나아가 그런 설비가 갖춰진 휴게소 등을 소개하는 책이나 인터넷 사이트도 인기라고 한다.

그의 설명을 감탄하며 듣다 보니 "우리 아내도 만나고 가세요. 차에서 자고 있거든요"라며 그는 나를 자기 차량으로 안내했다. 차 안을 들여다보니, 승합차의 화물칸에는 깔판 위에 이부자리가 깔려 있고, 그곳에 고령의 여성이 누워 있었다. 남성은 아내를 '자고 있다'라고 설명했지만, 내가 보기에 그녀는 '자리보전'에 가까운 상태로 보였다.

"아들은 '어머니가 시설에 들어갔으면 좋겠어요'라고 했지만, 그런 곳에서 썩게 할 수는 없기에 우리 둘 다 그럴 마음이 들지 않았어요. 그래서 한 달 중 20일은 이렇게 여행하고 있죠. 아내도 '그러는 편이 즐겁다'라고 말하니까요. 낮은 산이라면 그녀를 업고 올라갈 수 있거든요."

그들과 똑같은 부부를 주인공으로 한 NHK 드라마가 있었다. 1982년에 방영된 「이정표(みちしるべ)」에서 영화감독으로도 알려진 스즈키 세이준(鈴木清順) 씨와 여배우인 가토 하루코(加藤治子) 씨가 연기한 노부부는 승합차에서 잠을 자며 전국을 여행한다.

신사를 참배할 때는 류머티즘으로 걷지 못하는 아내를 남편이 업고 돌계단을 오른다. 때로는 남편이 "나도 이제 힘들어!"라고 욕지거리를 퍼부으며 싸움이 벌어지기도 한다. 그래도 마지막 시간을 서로 함께 즐겁게 보내는 것을 택한 부부의 이야기였다.

이 드라마는 국내외에서 높은 평가를 얻었는데, 근미래의 초고령화 사회를 멋들어지게 예측했다고도 볼 수 있다.

휴게소 주차장을 둘러보니 주차된 차량 속에 그들과 비슷한 노부부가 몇 팀 있다는 사실을 알 수 있었다. 드라마가 그린 세계는 이미 현실이 되어 내 눈앞에 펼쳐져 있었다.

좋아하는 '장소'에서
결승점을 맞이하는 자유

그리고 나는 과거 시코쿠 출신의 환자에게 들은 이야기를 떠올렸다.

"시코쿠 순례(시코쿠 지방에 있는 88개 사원을 도는, 거리 1,400킬로미터에 이르는 순례-옮긴이)는 그 옛날 '질병 순례'라고도 불렸어요. 불치병에 걸리거나 자리보전하게 되어 제대로 식사도 못 하는 배우자를 짐수레에 싣고 순례를 도는 사람도 많았어요. 제가 어렸을 때는 그런 노부부를 자주 봤죠. 어린 마음에 '아, 저 두 명은 다시 돌아오지 못하겠구나'라고 생각했어요."

죽을 때가 가까워진 남편이나 아내를 데리고 일가친척에게서 몸을 감추듯 떠나 신사에서 제공하는 약간의 식사를 식량 삼아 여행을 다닌다. 그야말로 죽음의 여행 같다.

나는 그녀의 설명을 듣고 "잔혹하고 괴로운 이야기네요"라고 답했다. 그러자 그녀는 "그렇지 않아요"라고 웃음을 보이며 말을 이었다.

"당사자 두 명은 행복해 보였거든요. 그 무렵은 지금처럼 의료는 발달하지 않았지만, 홍법대사의 가르침은 절대적이었으니까요(홍법대사는 일본 헤이안 시대 초기에 일본 불교의 초석을 다진 승려로, 시코쿠 순례는 그의 행적을 따르는 길이다—옮긴이). 그 가르침에 따라 극락정토를 향한다는 행복감조차 있었을 거예요. 믿음이 있다는 것은 행복한 일이니까요."

믿는 것만 있다면 죽는 장소가 어디라도 사람은 행복할지 모른다.

과거 내가 병원에서 근무하던 무렵, "집에 돌아가고 싶다"라고 말하는 말기 환자와 그 가족을 향해 나는 "무슨 그런 바보 같은 말씀을 하시나요"라고 다그친 일이 몇 번 있었다.

당시에는 그것이 당연한 사고방식이었고, 지금의 나처럼 방문 진료를 주 업무로 삼은 의사가 거의 없었기 때문이다.

그로부터 20여 년. 나 같은 방문 진료 의사도 점차 그 수가 늘어나고 있는 지금이라면 집에서 죽는 것은 결코 상상 속의 그림은 아니다. 그런 사회가 현실이 되어가고 있다.

그리고 이것은 우리의 사생관(死生觀)을 다시 한번 묻고 있다.

병원에서 죽을까.

시설에서 죽을까.

아니면 자택에서 죽을까.

세 가지 선택지를 두고 서둘러 선택해야 하는 상황도 의료가 보다 유연해지고 우리의 사고방식이 달라짐으로써 변화될 것이다.

그것이 가령 여행지라고 해도 우리가 죽고 싶은 장소에서 죽을 수 있는 날은 그렇게 머지않은 장래에 실현되리라.

과거 홍법대사의 가르침에 따라 사랑하는 사람의 손을 잡고 세상을 떠날 수 있었던 순례자처럼.

제4장

바람에 춤추는
마른 잎이
되어라

'어른의 분별'을
벗어던진다

'벌써 70대니까'
라며 자신에게 나이 제한을 거는 것은
바보 같은 일이다.
나이를 먹으며 몸에 익힌
'어른의 분별' 따위,
죽기 전에는 벗어던져도 좋다.
'분별'이라는 말을
하고 싶은 일이 있어도 못하는 핑계로 삼지 마라.

70세, 슬슬 분별을
버려본다

공자가 말하기를

"열다섯에 배움에 뜻을 두었고,

서른이 되어서는 자립했으며,

마흔이 되어서는 흔들리지 않았고,

쉰이 되어서는 천명을 알았고,

예순이 되어서는 귀가 열려 있는 그대로 듣게 되었고,

일흔이 되어서는 마음이 가는 대로 따라도 법도를 넘지 않았다."

유명한 『논어』 속 한 구절이다. 74세로 세상을 뜬 공자가 만년에 본인의 반생을 돌아보며 남긴 말이다.

여기서 공자는 만년의 삶의 방식을 '일흔 살에 마음이 가는 대로 따라도 법도를 넘어서지 않았다'라고 말했다. 이 말은 후에 70세를 가리키는 '종심(從心)'이라는 고사성어의 바탕이 되었다. 즉, 공자는 이렇게 말한 것이다.

"70세가 되면, 자기 생각대로 행동해도 인간으로서의 도덕규범을 넘는 일은 하지 않아야 한다."

물론 법에 저촉되는 일은 몇 살이 되더라도 해서는 안 된다. 범죄를 저지르거나 누군가를 해치는 일은 물론이다.

그렇지만 나는 2,500년 전의 고명한 사상가의 의견을 지지한다. 사람은 70세가 되면 제아무리 하고 싶은 대로 행동하더라도 사람의 길을 크게 벗어나지 않는다. 오히려 오랜 기간 예의 바르게 행동하는 일에 익숙했고 악착같이 살아온 현대 사람들에게는 한 걸음 더 나아간 표현을 써도 좋을 것 같다. 21세기의 돌팔이 의사가 공자의 말을 제멋대로 바꿔보면 이렇다.

"70세가 되면, 법도를 넘어서라."

70세가 되었다면 더는 사람으로서 분별 있는 행동을 취해야 한다는 고정관념에 사로잡힐 필요가 없다. 타인이 다소 눈썹을 찌푸린다고 해도 내 마음대로 하고 싶은 것을 하고 싶은 대로 해도 좋으며, 오히려 그래야만 한다.

공자는 70대 목전까지 망명 생활을 계속했고, 그 사이에 아들과 동생을 잃었다. 자신의 사상을 정치적으로 달성하려고도 시도했지만 헤매던 어떤 나라에서도 받아들여지지 않은 끝에 그야말로 이러한 깨달음의 경지에 이른 것 아닐까. 그 후 만년은 오경을 편찬하는 데 종사했지만, 종심을 맞이하여 정치에서 멀어진 이 시기가 가장 행복한 시기이지 않았을까 상상한다.
70세가 넘어서 공자도 분명 깨달았을 테다.
자신도 더욱 제멋대로 살아도 좋다는 사실을.

마지막 그 순간까지
'자신'으로 살아간다

　내가 방문 진료를 계속하는 환자 중에는 신흥종교나 영험한 말에 의지하는 사람이 적지 않다. 그 마음을 모르는 바 아니다. 회복의 기미가 보이지 않는 병으로 신음하고, 죽음은 눈앞으로 다가오고 있다. 불안에 사로잡혀 신령과 부처 등 위대한 힘에 매달리는 것은 지극히 자연스러운 반응이다. 가령 그것이 수상한 오컬트적인 종교라고 해도, 그럼으로써 당사자의 마음이 조금이나마 편해질 수 있다면 그것은 어쩔 수 없는 일일지도 모른다.

　하지만 그중에는 "점을 봐주신 선생님이 말하기에 치료를 그만두고 싶다"라고 말을 꺼내는 사람도 있다. 그것이 본인의 의사라면 제아무리 비과학적인 바람이라고 해도 나는 그래도 좋다고 생각한다. 하지만 그럴 때 나는 다시 한번 환자에게 이렇게 묻는다.

　"그렇다면 당신이라는 존재는 어디에 있나요?"

　중국의 선승이자 임제종의 선조로 여겨지는 임제의

현(臨濟義玄)은 이렇게 말했다고 한다.

"부처를 만나면 부처를 죽이고

조사를 만나면 조사를 죽이며

아라한(고승)을 만나면 아라한을 죽이고

부모를 만나면 부모를 죽여야만

비로소 해탈할 것이다."

'죽인다'라는 것은 꽤 불온한 표현이지만, 이 말의 진위는 분명 해탈, 즉 깨달음을 얻기 위해서는 온갖 가르침이나 집착, 편견을 떨쳐버릴 필요가 있다는 의미일 테다.

부처나 아라한에게 배운 가르침, 어렸을 때부터 양친에게 혼이 나며 배운 규범 모두를 벗어던지고 자신의 확고한 의지가 무엇인지 다시 바라보라는 말이다.

나는 고민하는 환자에게도 이 말을 전한다.

물론 부처나 부모라는 존재나 그 가르침을 '죽이라'라고는 말하지 않는다. 분명 그들 중에서 각각의 환자에 어울리는 스승이 있을 것이다. 올바르게 그들을 구하는 말도 있으리라. 다만 의심 없이 매달리고 따르는 것이 아니라, 자신의 의사로 해석하고 선택해야만 한다.

나는 이 책에서 멋지게 '내 마음대로' 사는 사람들을 소개했다. 그것을 나에게 가르쳐준 그들은 성공한 인생이라고 불릴 만한 삶을 산 사람들은 아니다. 다른 사람들이 부러워할 만큼 재산을 남긴 자도 없다. 하물며 부처의 길을 탐구하거나 역사에 이름을 남긴 사상가도 아니다. 그래도 이것만은 말할 수 있다.

그들은 마지막 그 순간까지 자신의 의사를 소중히 여겼다. 누군가의 의사에 몸을 맡기지 않고, 마지막 그 순간까지 자신인 채 살았다.

마지막으로 소개하는 유키 씨 또한 명백하게 자신인 채 살고, 세상을 떠났다.

마치 그것은 영화의 한 장면처럼 눈앞에 눈(雪)의 경치와 함께 차가운 온도를 동반하며 내 가슴을 파고든다. 유키 씨의 추억을 이 책의 마지막 에피소드로 소개하고 싶다.

나는 유키 씨처럼 인생의 마지막 모퉁이를 자신을 관철하며 내 마음대로 살아갈 수 있을까.

'자신으로 계속 있고 싶다'고 말한 92세의 유키 씨

그날 간토 지방에는 전날 밤부터 내린 눈이 점심을 지나도 뒷골목에 남아 있었다. 온난화가 진행 중이라는 뉴스가 자주 눈에 띄는 것처럼 지금 내가 사는 이바라키현에 눈이 쌓이는 것은 1년에 한두 번이며, 그것도 오후에는 전부 녹아버린다.

우리와 같이 외근을 하는 직업인에게 눈은 크나큰 적이다. 이바라키현에서는 겨우 수 센티미터의 적설에도 교통기관은 마비된다. 물론 눈이 많이 내리는 지역에 사는 사람의 눈에는 그 정도는 별것 아닐지도 모른다. 설국에서 방문 진료를 하는 의사도 많다. 폭설 속에서 심야에도 환자의 의뢰에 따라 외출하는 모습을 상상하면 도무지 고개를 들 수가 없다.

그런 생각을 하며 작년 가을부터 왕진을 계속 중인 92세의 유키 씨 집에 도착했다. 현관에 들어서자 같이 사는 딸 부부는 부재중인 듯했다. 그런데 실내가 눈이 그친 바깥보다도 추웠다. 아무래도 난방이 켜져 있지 않은 듯했다.

유키 씨는 90대가 된 것치고는 몸도 머리도 튼튼했고, 때때로 요통을 호소하며 드러눕는 일은 있어도 지팡이를 짚고 정원에 나갈 수 있었다. 30대 때 남편을 잃고 여자 혼자서 장남과 차녀를 키워냈다. 열심히 일하고 60대에 일을 그만둔 후부터는 독학으로 하이쿠(일본 정형시의 일종으로, 각 행마다 5, 7, 5음씩 총 17음으로 이뤄진다–옮긴이)를 시작했다. 잡지에도 투고했고 입상하기도 했다. 딸 부부와 동거하는 집에는 자신의 방도 있다. 마치 문인의 서재와도 같은 방이다. 테이블에는 언제나 펜과 종이가 놓여 있고, 생각이 떠오를 때마다 하이쿠를 지었다.

그녀의 인지 기능은 쇠퇴하지 않을 것처럼 보였다. 그런데 어째서 지극히 추운 집에 멍하니 있는 것일까.

난방 스위치를 누르는 법을 잊은 것일까. 방 입구가 보이는 현관에서 말을 걸었지만 답은 없었다. 귀는 조금 먹었지만, 지금의 내 목소리가 들리지 않을 정도는 아니었다.

그때 집 안을 북풍이 흘러 지나갔다. 유키 씨의 방문 틈새에서 바람이 불고 있었다. 조금 이상한 예감이 들었다. 서둘러 집에 들어가 방문을 열자, 그녀는 등을 이쪽으로 향한 채 의자에 앉아 있었다. 예상대로 창문은 활짝 열린 채였다. 커튼을 흔들며 여전히 휭휭 바람이 불어들어왔다.

"유키 씨."

다시 한번 이름을 부르며 가만히 그녀의 어깨에 손을 대자, 그녀는 생각 외로 제대로 된 반응을 보였다.

"아, 선생님, 언제 오셨나요. 몰랐네요."

테이블 위에 비닐 시트가 깔려 있고, 거기에 아이가 만든 것 같은 작은 눈사람이 놓여 있었다. 눈사람의 눈에는 숯 대신에 단추가, 입에는 작은 잔가지가 박혀 있었고, 옆에는 애용하는 펜과 노트가 놓여 있었다. 그녀는 눈사람을 앞에 두고 하이쿠 창작에 몰두하고 있었던 것이다.

"이렇게 추우면 감기 걸려요. 바깥이 더 따뜻하게 느껴질 정도네요."

내 말에 그녀는 미소를 보이며 고개를 저었다.

"괜찮아요. 저는 추위에는 태어날 때부터 강하니까요. 이름도 '유키'잖아요(유키란 '눈(雪)'을 뜻하는 일본어와 발음이 같다―옮긴이). 제가 태어난 날, 눈이 왔다고 들었어요."

나도 옆에 있는 의자에 앉았다. 창문을 닫으면 어쩐지 혼이 날 것만 같아서 그대로 놔뒀다.

"전에 어렸을 때는 무릎 정도까지 눈이 왔는데, 그런 와중에도 학교에 다녔어요. 그랬는데 최근에는 따뜻한 겨울이다 뭐다 하면서 그다지 눈이 내리지 않네요. 이대로 오래도록 살다 보면 계절을 나타내는 표현에서 눈이 사라져버릴지도 모르겠어요."

그녀는 오랜만에 눈의 풍경을 맛보고 싶었던 듯했다.

"눈을 보면서 어머니를 떠올리고 있었어요. 제 이름은 어머니가 지어줬거든요. 예전 농가에서는 며느리의 입장이 무척 약했죠. 시부모를 제쳐두고 태어난 아이의 이름을 지을 권한 같은 게 없었을 텐데, 어머니가 분명 절실히 희망해서 이 이름을 붙여줬을 거예요. 저는 이 이름이 마음에 들고, 어릴 때부터 눈이 내리면 어머니께 감사해하고 있어요."

오래도록 살아온 유키 씨지만, 그녀의 어머니 또한 오래 살았던 걸까. 그것을 묻자 그녀는 다시 웃는 얼굴로 고개를 저었다.

"제가 세 살도 되기 전에 돌아가셨어요. 그래서 저한테는 어머니의 기억도 추억도 없죠. 그래도 세상만사에 눈이 뜬 다음에 제 이름을 지어준 것이 어머니라고 아버지께 듣고는 눈이 내리는 날에는 어쩐지 기뻐지거든요. 어릴 때도 집 안에 들어가지 않고 밖에서 눈을 가만히 바라보곤 했어요. 그래도 감기 같은 건 한 번도 걸린 적 없어요. 이 세상에 유령 같은 건 없다고 생각하지만, 어쩐지 이렇게 눈이 내리는 날에는 어머니와 함께 있는 듯한 기분이 들어요. 어머니의 모습도 떠올리지 못하니까 반대로 외롭게 느끼지 않는 것일지도 몰라요. 어설프게 조금이라도 기억이 있었다면 눈물도 나올 텐데 말이죠. 저는 울 수가 없어요."

유키 씨는 손가락 끝으로 눈사람을 쓰다듬었다. 그러고는 그 손가락을 자신의 입에 가져갔다. 마치 눈을 맛보는 것처럼.

"아침부터 이렇게 하다 보면 하이쿠 구절이 떠오르지 않을까 생각했어요. 한 구절이라도 적으면 눈사람을 바깥으로 꺼내고 창문을 닫으려고 했는데. 이제 곧 해가 지겠네요. 선생님의 진료도 있으니까 오늘은 하이쿠 적는 걸 포기해야겠어요."

천천히 지팡이를 짚은 채 부엌으로 간 그녀는 랩을 손에 들고 돌아왔다. 그리고 눈사람을 정성껏 랩으로 감싸더니 냉동고 안에 소중히 보관했다.

"눈사람에게는 미안하지만, 하이쿠가 떠오를 때까지 여기 좀 넣어놔야겠어요."

그때 딸 부부가 돌아왔다.

"아이 추워. 엄마, 아직도 창문 안 닫았어? 선생님도 추우실 텐데. 아침부터 난방도 안 켜고 창문도 활짝 열어두니까 저희도 더는 견디지 못하고 쇼핑몰로 피

난해 있었어요. 아이, 정말 제멋대로라니까."

딸은 어째서 어머니가 눈이 오는 날에 이렇게 행동하는지 모르는 듯했다. 딸의 말을 가만히 흘려 넘기더니 유키 씨는 냉랭한 얼굴로 이렇게 말했다.

"선생님, 코타츠(난방 기구가 붙어 있는 좌식 테이블-옮긴이)에 들어가서 진료해주세요. 저도 추위로 신경통이 도지기 시작했네요. 그래도 앞으로 몇 번이나 더 눈을 볼 수 있을까요. 항상 눈이 내리는 경치를 보며 하이쿠를 쓰려고 하지만, 이번에도 실패했네요. 벌써 92년이나 살고 있으니 이제 와서 후회할 일은 없지만, 이것만큼은 마음에 남아 있어요. 평소에는 훨씬 더 쓱쓱 읊을 수 있는데, 눈을 떠올리는 마음은 어머니에 대한 마음이기 때문일까요. 어머니에 대한 기억이 없는 저에겐 쉽지 않네요. 없는 것을 달라며 떼쓰는 기분이에요."

그렇게 말하더니 유키 씨는 다시 한번 가볍게 한숨을 내쉬었다.

인생의 '올바른 내리막길'은
누구도 가르쳐주지 않는다

내가 유키 씨를 처음 만난 것은 작년 여름이었다. 지역의 커뮤니티 소식지에 실린 내 기사를 읽은 그녀가 딸에게 "이 선생님께 전화해서 우리 집에 와주실 수 없는지 상담 좀 해줘"라고 부탁했다고 한다.

첫 진료 때, 유키 씨는 미소로 나를 맞이했다. 당시 그녀의 증상은 약간 혈압이 높다는 점과 평소에는 지팡이를 짚으면 어떻게든 걸을 수 있지만 때때로 요통으로 몸을 일으키지 못한다는 점이었다. 놀랍게도 치매가 없을 뿐만 아니라, 지성이 꽤 높은 수준으로 유지되고 있었다.

"아흔 살이 넘으면 더는 언제 죽더라도 이상하지 않다는 사실을 알고 있어요. 그리고 살아 있더라도 하루하루가 괴롭기도 하죠. 딸과 동거하다 보니 어리광을 피우기도 하고 싸우기도 할 수 있어서 저는 행복한 편인 것 같아요. 그래도 이렇게 매일 어딘가가 아프고 저린다는 것은 큰 중병은 아니라고 해도 괴로워요. 무서워요. 어쨌든 간에 몸이 무서워요. 선생님은 이바라

키에서 태어났다고 들었는데, 이 무섭다는 의미 아시
죠?"

　이바라키현 남부의 '무섭다'는 '나른하다', '괴롭다'
등의 의미다. 같은 이바라키현이라고 해도 북부에 가
면 85세를 넘어선 환자는 같은 증상을 '애절하다'라고
말한다. 그것을 유키 씨에게 말하자, "호오" 하고 과장
되게 관심을 보였다.

　"'애절하다'라고 한다고요? 어쩐지 말의 울림이 아름
답네요. 그래도 몸이 무서운 것뿐만은 아니에요. 동급
생도 다들 먼저 떠나버려서 더는 누구에게도 편지가
오지 않아요. '아, 결국 난 혼자가 되었구나' 하는 마음
이 들죠. 너무 오래 사는 것도 괴로운 일이네요. 정말
애절하네요."

　그야말로 그녀는 노경(老境)을 살아가는 중이리라. 나
는 하루하루 다 아는 듯한 말투로 고령 환자의 이야
기를 듣는다. 하지만 실제로는 그 나이가 되어본 적이
없는 이상, 모르는 것투성이라는 사실을 알고 있다. 내
말에 유키 씨는 살짝 고개를 끄덕였다.

"노경 말이군요. 말의 의미는 잘 알아요. 지금의 제 심정, 그 자체죠. 다만 동년배인 사람이 무엇을 느끼고 무엇을 생각하는지 물어보고 싶네요. 선생님의 다른 환자들은 어떤 식으로 말하나요?"

90대 환자는 그녀 말고도 있다. 다만 치매에 걸렸거나 의식이 멀쩡하지 않은 사람이 대부분이다. 그렇게 말하자 그녀는 얼굴빛이 흐려지면서도 납득한 듯했다.

"그렇겠죠. 동급생 중에 지금도 살아 있지만 편지에 답을 주지 않는 사람이 있거든요. 안달복달하고 있었는데 그 사람의 아들에게 답장이 왔어요. 치매에 걸렸다더군요. 그 얘기를 듣고 슬펐어요. 그래도 치매에 걸려서 이런저런 생각을 하지 않게 되는 건 좋은 일 같아요. 저 또한 건망증이 없다고는 생각하지 않지만, 매일 슬픈 마음이 드는 것도 괴로운 일이거든요. 이런 게 우울증인가요?"

인생은 태어나서 잠시 동안은 '오르막길'의 시대를 보낸다. 몸을 뒤집고 엉금엉금 기고 두 발로 서고 말을 기억한다. 그것이 그로부터 몇십 년을 거치면 이번에는 허리가 굽고 보행도 곤란해지고 머리도 쇠퇴하는 '내리막길'의 시대에 도달한다. "내리막 상태를 살고 있으니 슬픈 감정에 사로잡히는 것은 어쩔 수 없는 일이에요"라고 나는 또다시 다 알고 있는 듯한 말을 건넸다.

"그래요. 저는 지금 그것을 받아들여야만 하겠죠. 솔직히 말하자면, 최근에는 병에 걸리거나 죽는 건 무섭지 않아요. 다만 거기까지 가는 길이 상상되지 않아요. 죽을 때까지 '내려가는 방법'을 누군가 알려줬으면 좋겠어요. 저 자신도 나무나 꽃에 대해 읊고 있지만, 인생의 끝을 읊는 구절은 의외로 많지 않거든요."

여기에서 나는 최근 읽은 책에 있었던 에도 시대의 승려 료칸(良寬)의 사세구를 떠올렸다.

뒤를 보이고
앞까지 보이면서
지는 단풍잎

료칸의 마지막 순간을 간병한 제자 데이신니(貞心尼)

에게 바친 구절이라고 전해진다. 당연히 유키 씨도 이 구절을 알고 있던 듯했다.

"처음에 이 시를 만났을 때는 잘 몰랐지만, 지금 새삼 다시 들으니 정말 좋은 구절이네요. 그는 스님이었기에 이런 멋진 구절을 읊을 수 있었을까요."

만년을 맞이한 료칸의 즐거움은 제자 데이신니와 구절이나 시를 통해 대화하던 것이라고 알려져 있다. 또한 어느 책에 따르면 40세나 어린 제자에게 료칸은 담담한 연심을 품고 있었다고도 한다. 그것을 알고 난 후, 그가 종교인이라기보다 보통의 인간이라고 여겨져서 어쩐지 귀엽다고 생각하게 되었다. 그런 것을 유키 씨에게 말하면서 나는 료칸도 분명 행복했던 것 아닐까 하고 전했다. "자신의 뒤도 앞도 전부 보여줄 수 있는 상대를 만났고, 그 사람에게 간병을 받았으니까요"라고.

그러자 유키 씨는 "부럽네요"라고 중얼거린 후 '단풍잎'이라는 문자를 노트 끄트머리에 적고, 그것을 찢어 툭 하고 바닥에 떨어뜨렸다.

"선생님이 진료해주셨으면 한다고 딸에게 부탁한 이유는 이거예요."

나는 그녀의 진의를 파악하지 못하고 침묵했다. 그러자 그녀는 "단풍잎 말이에요"라고 말을 이었다.

"지는 단풍잎. 즉, 마른 잎사귀가 되는 것을 지켜봐주셨으면 좋겠어요. 인생의 마지막, 나을 수 있다면 또 모르지만, 그렇지도 않은데 그저 연명하는 것은 싫거든요."

그렇게 말하며 그녀는 나를 가만히 바라봤다.

"가령 구급차로 옮겨진다면 제 희망과는 반대로 연명 처치를 받게 될지도 모르죠. 의식이 확실할 때 서면으로 남겨두는 방법도 생각했지만, 정작 중요할 때 그것을 의사에게 보일 수 있다고 단정할 수 없잖아요. 인공호흡이다 뭐다 하는 이야기가 되었을 때 저는 가족을 곤란하게 하고 싶지 않아요. 딸은 제 연명 치료를 거부할 용기를 가지고 있을지도 모르죠. 다만 제가 죽었을 때, 딸 부부에게 조금이라도 후회하는 마음이나 무거운 짐을 남기고 싶지는 않아요. 의사 선생님은 저와는 남남이기도 하고, 연명 치료를 멈출 수 있다고 생각해요. 그리고 무엇보다 가능하다면 모든 것을 이 곳에서, 이 방에서 완결 짓고 싶어요."

90대의 노파에게서 나온 너무나도 강한 의사표시에 압도당했다. 이윽고 그녀는 서서히 의자에서 몸을 일으키고는 조금 힘겨워 보였지만 몸을 숙여 앞서 자신이 바닥에 떨어뜨린 종잇조각을 주워 들었다. 그리고 이번에는 테이블 위에 하늘하늘 다시 떨어뜨리더니, 이렇게 중얼거렸다.

"마른 잎사귀처럼 끝내고 싶어요. 제 말의 의미, 아시겠어요?"

마른 잎사귀처럼
끝내고 싶다

그 후에도 유키 씨는 기회가 있을 때마다 나에게 다짐을 받았다.

가령 가을이 되어 단풍으로 물든 쓰쿠바산을 멀리서 바라보며 "선생님, 약속 잊지 않으셨죠?"라고 묻는 것

이다. 곧장 내가 "네? 약속이요?"라고 되묻자, 질린 듯
이렇게 말을 이었다.

"그 약속 말이에요. 마른 잎사귀처럼."

내가 "아, 그것 말이군요"라고 답하자, "그렇게 가볍
게 말씀하지 마세요. 저에게는 이것 이상의 바람은 없
으니까요"라고 말하면서 불만 섞인 표정을 지었다.

그리고 앞서 말한 눈사람 일이 있고 나서 한 달 후,
2월이 얼마 남지 않았을 때의 일이다. 고향인 이바라
키현 남부에도 봄의 기운이 감돌기 시작한 그런 일요
일 아침, 전화가 걸려왔다. 유키 씨와 같이 사는 딸이
었다.

"어머니가 며칠 전부터 열이 심하게 나서요. 상태가
좋지 않아요. 휴일에 죄송하지만, 왕진하러 와주실 수
있나요?"

곧장 나는 그녀의 자택으로 향했다. 달음박질해 들
어간 방에서 유키 씨를 진찰했다. 침대에 누운 그녀는
발열 증상이 있을 뿐 아니라 호흡 상태도 악화되어 있
었다.

내가 온 것을 깨달은 그녀는 도움을 구하는 표정을 보이기는커녕, 무서운 얼굴로 나를 노려봤다. 그것은 마치 내 방문을 거절하는 것처럼 보였다. 그 옆에서 평정심을 잃은 딸이 설명을 계속했다.

"사실은 일주일 정도 상태가 안 좋았어요. 식욕도 없고 물을 마셔도 목이 메고요. 그래서 '선생님 부를까?'라고 물으니 제 가슴을 잡고 노려보더라고요. 그래서 연락이 늦었어요. 죄송합니다. 조금 더 빨리 연락했어야 했는데."

유키 씨는 어깨로 숨을 쉬면서 여전히 나를 노려보고 있었다. 진찰을 받고 싶지 않다는 말인가. 듣자니, 요즘 며칠간은 식사도 거절하고 거의 한숨도 자지 못하고 있다고 했다.

다시 한번 누워 있는 그녀를 관찰했다. 목소리가 되지 않는 신음을 발하면서 그녀는 때때로 자신의 머리맡을 보려고 했다. 그곳에는 하얀 봉투가 놓여 있었다. 그때 다시 그녀의 시선이 봉투 위를 맴돌았다.

"분명 봉투 안을 보라고 말하고 싶은 것 같네요."

나는 봉투 안의 내용을 상상했다. 예의를 지키며 그

녀의 머리에 손을 얹은 채 "열어볼게요"라고 말한 후 봉투를 열었다.

안에는 노트가 한 장 들어 있었다. 그곳에는 역시 그 말이 적혀 있었다.

'마른 잎사귀처럼'

나는 그 노트를 딸에게 보였다.

"엄마, 언제까지 문인 흉내를 낼 거야! 이럴 때 멋진 척할 필요 없는데……."

처음에는 질린 듯한 표정을 짓던 딸이 그렇게 말한 후에 엉엉 울기 시작했다. 딸의 얼굴을 힐끔 본 유키 씨는 다시 나를 아래쪽에서 노려봤다. 딸이 울면서 봉투에 대해 가르쳐줬다.

"어머니는 선생님의 방문 진료가 시작되고 나서 얼마 되지 않은 시점부터 항상 이 봉투를 자기 전에 머리 맡에 뒀어요."

놀랍게도 유키 씨는 잠들기 전, 그리고 일어난 후 반드시 이 봉투에 손을 모아 기도하고 있었다고 한다. 가족 모두가 그 의식의 의미를 알지 못했다고 했다.

물론 봉투 안에 있던 말의 의미 또한 알 길이 없을 테다.

그래서 나는 짧게 '마른 잎사귀처럼'이라는 일곱 글자에 담긴 유키 씨의 마음, 그리고 그녀와 내가 나눈 약속에 관해 설명했다.

위중한 시간이 닥쳐왔을 때 유키 씨는 연명을 위한 의료 처치를 전혀 원하지 않는다, 그리고 그 의사가 확고하다, 무엇보다 그 선택으로 가족이 고민하게 만들고 싶지 않다는 마음에 대한 내 설명을 듣더니 딸은 그 자리에서 울며 쓰러졌다.

나는 그 일곱 글자를 다시 한번 유키 씨에게 보이고는 최대한의 미소를 보이며 고개를 끄덕였다. 그러자 그때까지 험악했던 그녀의 표정이 거짓말처럼 온화해졌다. 그리고 안도한 것인지 그녀는 깊은 혼수상태에 빠졌다.

나는 그녀의 가슴에 청진기를 대면서 얼마 전 그녀와 나눈 대화를 떠올렸다.

유키 씨는 그때 갑자기 이런 말을 꺼냈다.

"중간 구절은 썼는데, 위쪽과 아래쪽 구절을 쓰지 못한 것은 제가 태어났을 때의 기억도 없는 데다가 죽는 경험도 하지 못했기 때문이겠죠."

그녀가 꺼낸 말의 의미를 이해하지 못하고 나는 "그 중간, 위쪽, 아래쪽은 무슨 말이죠?"라고 되물었다. 그러자 그녀는 웃으면서 "아이고, 의사나 돼서 모르는 게 너무 많은 거 아닌가요?"라고 말하며 이렇게 가르쳐주었다.

"하이쿠의 5-7-5 구절 말이에요. 가장 위의 5가 위쪽 구절, 다음 7이 중간 구절, 마지막이 아래쪽 구절로 결구(結句)라고도 하죠. 저는 중간 구절은 썼지만, 위쪽과 아래쪽 구절을 쓰지 못하고 있어요."

나는 적당히 "그렇군요"라고 맞장구쳤다. 그러자 그녀는 망연자실한 표정으로 "선생님, 또 잊어버리셨군요"라고 말했다. 내가 "중간 구절 같은 건 처음 듣는데요?"라고 되묻자, 그녀는 이렇게 입을 열었다.

"중간 구절은 '마른 잎사귀처럼'이에요. 잊지 말아주세요."

그렇게 말하더니 그녀는 천진난만한 미소를 보였다.

혼수상태에 빠진 다음 날, 유키 씨는 돌아오지 못하는 사람이 되었다. 머리맡에는 아직 그 노트가 놓여 있었다. 그녀는 미완의 구절을 과연 완성했을까. 그녀의 얼굴을 들여다보며 그런 것을 생각하는 나에게 딸은 이렇게 말을 걸었다.

"마지막까지 어머니의 제멋대로인 행동에 휘말렸지만, 어머니다운 마지막이어서 다행일지도 모르겠어요. 무슨 일이 벌어진 것인지는 지금부터 천천히 생각할게요."

시설에도 병원에도 가고 싶지 않다고 말하는 고령 환자는 무척 많다. 그들 중 대다수는 자택에서의 마무리를 바란다. 하지만 사람의 죽음이 가정에서 멀어진 시대가 길게 이어졌기 때문에 사생관이라는 것 자체가 마지막을 맞이하려는 당사자는 물론, 그 주변에 있는 가족이나 의료 종사자 등 모든 사람에게서 사라져버린 것만 같다.

유키 씨가 사라져버린 그녀의 자택을 뒤로하면서 나

는 이런 생각을 했다.

나 자신도 언젠가 누군가에게 내 마지막을 부탁하는 날이 분명 올 테다. 그때 나도 분명 '마른 잎사귀처럼'을 바랄 것이다. 그녀처럼 냉정하게 대처할 자신은 없지만, 그렇기에 그녀의 마지막을 잊지 않고 싶다.

임종을 눈앞에 둔 유키 씨가 나를 향해 '마른 잎사귀처럼'을 제시한 모습에는 정말이지 혼이 담긴 멋진 박력이 있었다.

그것은 '자기 죽음을 누구에게도 간섭받고 싶지 않다'라는 '내 마음대로'의 발로였다.

만족스러운 '결승점'을 위해

—

반복하는 말이지만, 나는 의사이긴 해도 내 진료를 받고 병이 나은 환자는 거의 없다.

인턴 때 환자의 죽음을 '의사로서의 실패'로 받아들였다. 남겨진 가족에게 임종을 고할 때 가슴속에 남아 있는 것은 '패배감' 그 자체였다.

그러던 것이 방문 진료 의사로서 많은 환자의 죽음을 보면서 죽음은 '회피할 수 없는 것'임을 깨달았고, 나아가 '자연스러운 흐름'이자 '섭리'라는 당연한 사실을 뒤늦게 배웠다.

그리고 환자들을 그들에게 익숙한 자택에서 간병했을 때, 과거에는 패배감으로 가득 차 있었을 그 순간에, 어폐를 두려워하지 않고 적자면, '행복감'이나 '성취감' 같은 신기한 감각에 휩싸였다.

그리고 남겨진 사람 중에도 나와 마찬가지 감각을 느끼는 사람이 있다. 만족스러운 마지막 순간을 이룬 환자 주변에는 이상하게도 '만족감'이 넘쳐흐르는 것이다.

2009년, 나는 내가 마주했던 환자의 마지막 나날과 환자를 떠나보낸 가족의 모습, 그리고 의사로서 호스피스에 관한 생각을 『호스피스 의사(看取りの医者)』라는 제목의 책에 적었다.

그로부터 10여 년이 지났다. 자택에서 마무리를 맞이하는 것, 가족을 자택에서 간병하는 것이 전보다 더 많이 받아들여지는 시대가 되었다.

그리고 지금.

『호스피스 의사』로부터 10여 년이 지나 내가 맡은 환자의 연령대는 조금 높아졌다. 100세가 넘은 사람의 진료기록부도 늘어났지만, 그곳에 적힌 병명은 과거와는 전혀 달라지지 않았다. 폐용증후군이나 노쇠, 뇌경색, 암.

1900년대 초에 태어난 환자는 더는 없고, 1900년대 중반 이후에 태어난 젊은 환자도 늘어났다.

그리고 당연하게도 나 자신도 나이를 먹었다. 최근에는 학창 시절의 선배나 동급생이 세상을 떴다는 이야기도 들었다. 나 또한 지금 다시 한번 '죽음'을 의식하는 나이가 되어버렸다. 병을 앓던 어린 시절과 마찬가지로, 갑작스레 '죽음'의 공포를 느낄 때도 있다.

나이를 먹음에 따라 사람은 우울해지거나 불평을 부리게 되기도 한다. 그것은 어쩔 수 없는 일이며, 인생도 그 끝이 가까워지면 가까워질수록 기쁜 일보다 괴로운 일이 늘어난다.

나도 예외는 아니다. 몸 어딘가에 아픔을 느끼는 날도 늘어났고, 앞으로는 정신적인 아픔을 동반하는 날도 늘어나리라.

그런 식으로 자칫하면 암담해지는 마음을 품고 왕진을 나가지만 그런 의사와 얼굴을 마주하는 환자나 가족의 마음은 그야말로 참담하리라고 걱정도 했다. 하지만 아무래도 꼭 그렇지만은 않다는 사실을 최근 알게 되었다.

환자들은 방문 진료 의사보다 한 수 위다. 그도 그럴 것이 다들 인생의 대선배들이기 때문이다.

'후회가 없는' 환자들

—

내 환자들은 허세 따위 부리는 일 없이 맨얼굴로 나에게 '사는 방법'을 자연스레 보여준다.

그들이 그렇게 훌륭한 인생을 보낸 것은 아니다. 엄청난 재산을 이루지도 못했거니와 자랑할 만큼 출세한 사람도 거의 없다.

그래도 그들은 자신의 인생을 정직하게, 때로는 적나라하게 나에게 말해준다. 그리고 들려오는 말의 구석구석에 공통된 말이 있다.

그것은 "후회는 없다"라는 말이다.

환자 중 많은 수는 투명하고 산뜻한 마지막 삶의 모습을 나에게 보여준다. 하지만 그중에는 인생의 마지막 모퉁이에서 '대폭주'하는 사람도 있다. 이 책에 미처 소개하지 못했지만, 연인과 여행을 떠난 말기 암 환자나 "인생의 마지막에 필요한 것은 의료적 마약과 철학이다"라는 말을 남긴 채 인도로 이주한 사람도 있었다.

한 수 위인 그들은 나보다 훨씬 더 자유로웠다.

생각해보건대, 인생의 종반을 사는 그들은 그야말로 사회적으로 부담하는 짐이 그다지 없을지도 모른다. 남은 날이 짧다는 사실을 받아들이면 사회 규범이나 윤리관에 속박되는 일이 없을지도 모른다.

다양성이 요구되는 시대다. 하지만 아직껏 인생의 가치관이나 사생관에 관한 물음은 지식인이나 문화인이 미디어를 통해 제시하는 답에 많은 사람이 구속된 채인 것만 같다.

그래도 한편으로는 자신의 가치관만을 소중히 여기면서 타인이 강요하는 기준 따위는 신경도 쓰지 않고 폭주하는 내 환자들이 있다.

그곳에는 이론도 이유도 논리도 없다. 있다고 한다면 사람에 따라서는 다소의 치매뿐.

그리고 그런 자신의 가치관만으로 마음 가는 대로, 제멋대로 사는 모습에 가슴이 울린다. 그때마다 나는 그들의 가르침을 메모해둔다. 그리고 나 자신이 어린 시절 병에 걸렸을 때 그렇게나 무서워하던 죽음도 결코 슬픈 일만은 아닐지도 모른다고 생각하게 되었다.

세간의 시선으로 보면 이해가 안 되는 일일지도 모르지만, 역시 환자들은 나의 스승 그 자체다.

방문 진료 의사가 된 지 20년.

많은 스승에게 배우고 많은 죽음과 마주하는 동안, 내 안에서 '죽는 방법'과 '사는 방법'은 멋지게 연결된 것만 같다.

"그렇게 사망 진단서만 쓰면 힘들지? 괴롭지 않아?"

대학병원이나 종합병원에 근무하는 여러 선배에게 그런 질문을 종종 받는다.

한 선배는 너무 많은 환자를 호스피스 간병하는 나를 걱정하며 위로하듯 그렇게 물었다. 또다른 선배는 전혀 환자를 고치지 못하는 내 일을 비아냥거리며 그렇게 말하기도 했다.

"괴롭지는 않아요. 제가 지금 의사로서 가장 기쁘고 두근거릴 때는 환자의 유쾌한 삶과 좋은 '내 멋대로'를 만났을 때예요. 병원에서 일하다 보면 환자가 제멋대로 구는 행동이 왜 좋은지 좀처럼 알기 힘들겠죠."

내 대답에 선배들은 모두 의아한 표정을 짓는다. 그것이 또 나에게는 유쾌하게 여겨져 참을 수가 없다.

환자들의 '내 마음대로'에 마음껏 어울리고 싶다.
마음속 깊이 그렇게 생각하기에 나는 오늘도 환자의 자택
을 향해 좁은 시골길로 작은 차를 타고 달린다.

　호스피스 의사라고는 하지만 솔직히 말하면 나도 '죽음'을 겁내는 한 명의 인간이다.

　나도 무섭기에 이런저런 서적을 찾아 읽어본 적도 있다. 철학자나 종교인, 나아가 고명한 의사의 사생관 책도 읽었지만, 아무리 읽어봐도 내 마음에 울림은 없었다. 그 대신 이 일을 계속하면서 매일 만나는 환자들이 보여준 자세에 나는 많은 배움을 얻고 마음이 흔들렸다.

　그들은 위인도 아니거니와 엄청나게 성공한 사람도 아니다. 그들은 어딘가 슬프기도 하고 우습기도 한 10인 10색의 삶을 나에게 보여주었다.

　마지막 순간까지 어떻게 살아갈 것인가. 그들의 꾸미지 않은 삶의 자세가 나 자신을 크게 변화시켰다는 점은 말할 필요도 없으리라. 내 사생관은 틀림없이 그들에게 배운 것이다.

이 책의 마지막에 유키 씨의 이야기를 적었지만, 유키 씨가 아직 건강하던 무렵, "죽는 것은 괴롭나요?"라고 질문한 적이 있었다.

"경험한 적이 없으니 저도 모릅니다. 전혀 괴롭지 않다고 말하면 거짓말이겠지만, 어느 순간부터는 뇌내 마약 등이 나와 혼수상태에 빠지고, 주변 사람이 걱정하는 것만큼 괴롭지는 않은 듯합니다. 태어나는 순간에도 괴롭다고 말하지만, 그것을 기억하는 사람은 없지 않나요? 그리고 죽어버린 후에는 마지막 순간에 대해 아무도 말할 수 없습니다."

유키 씨는 그때 작게 고개를 끄덕이며 이렇게 말

했다.

"그렇군요. 아무도 모르는 거네요. 인생의 초반에는 세상만사에 눈뜨기 전까지 아무것도 모르고, 종반에는 의식이 없는 거군요. 언제부터가 '마지막 시기'인지조차 알 수 없겠죠. 인생의 시작도 끝도 모른다니, 알 수 있는 건 '지금'밖에 없네요."

이 대화를 떠올리면 중간 구절만이 완성된 유키 씨의 시구 '마른 잎사귀처럼'은 이미 그 자체로 완성된 것일지도 모른다는 생각이 든다.

인생은 과거를 볼 수도 미래를 볼 수도 없고, 그저

'지금'만을 계속해서 살아가는 것뿐이다. 인생에는 '중간 구절'밖에 없다.

유키 씨가 관철하던 자세는 나에게 그것을 가르쳐 줬다.

사람은 의식을 가지고 사는 한 '중간 구절', 즉 '지금'을 살고 있다.

마지막 모퉁이, 여기부터가 승부처다.

마지막쯤은 내 마음대로 살아도 좋지 않은가.

히라노 구니요시

후회 없이 내 마음대로

히라노 구니요시 지음
구수영 옮김

초판 1쇄 발행일 2023년 9월 25일

발행인 | 한상준
편집 | 김민정·강탁준·손지원·최정휴
디자인 | 문지현·김경희
마케팅 | 이상민·주영상
관리 | 양은진

발행처 | 비아북(ViaBook Publisher)
출판등록 | 제313-2007-218호(2007년 11월 2일)
주소 | 서울시 마포구 월드컵북로 6길 97(연남동 567-40)
전화 | 02-334-6123 전자우편 | crm@viabook.kr
홈페이지 | viabook.kr

ISBN 979-11-92904-29-0 03830